Carne Marcada
Cássio Goné

cacha
lote

Carne Marcada

Cássio Goné

A meu pai.
Destes catorze contos, pôde ler um só.
Mas o leu duas vezes.

MALCOLM DIVA X	9
DO RABO AOS CHIFRES	15
RUA SILVIA	31
LILIAN IN A LIFETIME	37
DE MOLHO, POR OITO HORAS	51
RESPEITÁVEL PÚBICO	57
CARNE MARCADA	71
ABRIL TEM CHEIRO DE TREM	87
FAXINO	93
AGÊNCIA IMIGRATÓRIA DE INTELIGÊNCIA EMOCIONAL	109
MARIA APARECIDA SILVA (DOS SANTOS)	119
ELE E EU	133
PROMETEU	139
FAZ FALTA O DR.	143

MALCOLM DIVA X

inuómePaifioespírioSantamém.

Água na ponta dos dedos, indicador médio anelar; mindinho nunca se molha, não alcança; o polegar, demasiado prepotente para se deixar banhar, benzer. O ritual na piscina: três dedos batizados na superfície, deus e cruz solicitados, calafrio.

— Piscina tá gelaaada, deus Credo!

— Gelada nada, Malcolm. Deixa de ser fresco, cai dentro ou te empurro e aí, ah, moleque, aííí

E aí? Aí nada. Me olhando com essas caras, pensam que não sei. Cheguei aqui, mérito meu. Meu, estão ouvindo? A alemã. Ah, alemã. Entendo nada do que fala, lá vou eu saber ouvir alemão? Só sei que de mim não fala, nunca fala, fala da água, só da água. Clóvis já me disse: "Foda é a alemã, pode botar homem, mulher na água, cobra, lagarto, golfinho, que a Gert ganha. Ganha até de piranha". Clóvis ria, risada que só ele tem no mundo todo. Raridade, não dava pra ficar gastando assim, sem mais nem menos. Por isso, Clóvis ri pouco.

Essazinhas aqui é que riem de monte, umas risadas todas iguais, barulhinhos de tranqueirinha de lojinha de um real, quinquinzinha de camelô, esses debochinhos, tudo igualzinho. Ficam rindo pra mim. De mim. A alemã não ri, sei nem se respira, olha pra água. Só. Bate num braço, bate no outro, não deixa o sangue dormir na artéria, tá frio, água tá fria. A inimiga dela tá na água, água tá fria que dói. Eu não me aguento. Rindo de quê, francesinha?! De nervoso, é? Ela gargalha umas palavras lá dos franceses, também entendo nada, mas sei. Sei o que é. Meu pai sabia o que era. Larga a mão de ser ridículo, moleque do caralho, que história é essa?, nasceu no corpo errado o quê?!, não se leva a sério?, não se leva a sério ninguém vai levar, ninguém, seu moleque filha da puta.

Minha mãe não levou a sério. Meus irmãos, nem. Só Maria, a das Dores, não a dos Prazeres, quis ouvir. Ouviu, e só. Não precisou aceitar, nunca precisei que aceitassem. Só que ouvissem. Na escola nunca ouviram, ainda mais naquela idade: só se fala, só se uiva. Olha lá, mais uma Maria na família, achei que eram só duas, essa é qual? das Dores? dos Prazeres?, não, é a Transformista, Maria Transformista. As risadas, todas iguaizinhas. Ruidinho de plástico vagabundo, que racha fácil, quatrocentos anos pra terra absorver. Quatrocentos anos dessas risadinhas de plástico, de quem tem o que eu não tenho ou que não tem o que tenho. Meu pai queria que Malcolm fosse de plástico também, imortal, que durasse quatrocentos anos, queria um Malcolm X em casa, teu nome é por causa dele, Malcolm, respeite isso, cara que não fermentava desaforo, fosse com ele ou com a gente dele, a nossa gente, Malcolm. Ouviu? Malcolm não durou nem catorze anos pro meu pai. Sei nem se durou catorze dias pra mim.

— Maldiva, esquece elas, pô! Veio aqui pra ganhar ou pra chorar? Deixa de frescura, aí.

O Clóvis eu não entendo, mas sei o que diria. Não está aqui, não aqui do meu lado; em área de competição técnico não entra, não pode. Mas está aqui, em algum lugar. Arquibancada talvez, já olhei duas, três vezes, não quero olhar de novo. A arquibancada. Está lá o X que meu pai queria. Não do jeito que queria. Mas está lá. Maldiva X. O X em cima do meu nome. Meu nome. Não do lado, que era o que meu pai queria. Mas está lá, nos cartazes, já contei nove, Maldiva X, MaXldiva, MaldXiva, Brazil X, BraXzil, BrazXil, MaldivaXBrazil. Eu sou eu, sou meu país, embora meu país não concorde, Uma vergonha em escala global, Brasil decreta o fim de um esporte, Da linguagem neutra para a piscina neutra, A covardia na guerra dos sexos, as manchetes, matérias, os rancores, os ódios. Meu país não sou eu, não quer que eu seja eu.

— Deixa falarem, Maldiva. Gente é tudo previsível assim. Imprevisível é a água. De gente você sabe o que esperar. Da água, não.

Clóvis não sorri faz meses. Não sorriu quando a Federação me liberou para o Mundial. Não sorriu quando me qualifiquei. Não sorriu quando a húngara foi desclassificada, boca maior que a braçada, me amaldiçoando, de húngaro entendo nada, mas o que ela disse não era festa, não. Não sorriu quando a alemã disse que não comentaria sobre o assunto, só me interessa o que acontece debaixo d'água, dizia a legenda porque de alemão eu não entendo, já disse. Não sorriu, nem de ironia, quando meu pai perguntou se natação dava dinheiro, depois de três anos sem falar comigo — a resposta do Clóvis renovou o sumiço dele por mais trezentos anos. Quando o plástico degradar, meu pai reaparece. Ou volta antes, se natação der dinheiro.

A última vez que sorriu — ou chorou, entendo nada das caretas que o Clóvis às vezes faz — foi quando eu o chamei de pai quando minha cabeça queria dizer treinador. Ou vice-versa.

Isso já tem uns meses.

O alto-falante manda as nadadoras, a gente, se alinharem. Ou algo assim, entendo nada do inglês metálico, mas sei o que o som quer dizer. A mexicana do meu lado, justo a mexicana, Mercedes, que já me xingou de *cabrón* pra baixo, essa eu entendo tudo, quase tudo. Rindo aqui, do meu lado, voz de radinho chiado, sabe que tou ouvindo, ouvindo ela e as outras duas do lado dela, esses sorrisinhos, um bando de quero-quero, ai, Maria, virgemaria, amaldiçoa. A arquibancada. Ri junto, xinga junto, entendo nada os desaforos que Malcolm, o X, não levaria para casa, pra gente dele, pra nossa gente. Maldiva leva, porque Maldiva não tem a gente dela, a minha gente. Amaldiçoa, Maria.

Ajeito o maiô, enverga isso aí como uma segunda pele, o Clóvis diz, como roupa de gala, menina, quebrou muita noite e muita água pra que não te botassem sunga. Delicada, uma alça, depois a outra. Minha pele. Minha pele no cloro, quero só o cheiro do cloro, pra apagar tudo: ecos, sussurros, apagar os *fuck-u* — esses eu entendo, quem não? Quero o cloro estéril, a água imprevisível, o Clóvis aqui.

Subo no bloco de partida, já deram o primeiro sinal pra gente se aprontar para a saída, o apito longo. A gente? Elas e eu. Eu.

A suas marcas, posição de partida, respiro, seguro o choro, o choro, não chora, não se mexa, fique imóvel, não vá ser desclassificado, préstenção, desclassificada por bobagem.

Cabrón de mierda, Mercedes, mais alto que um sussuro, mais alto que o tiro de partida. Elas mergulham. Eu caio. Eu choro. Eu, cloro. Clóvis, Clóvis?

Vai vai vai vai vai, Clóvis, braçada, pernas, imprevisível é a água, não para, Maldiva. Não para.

Eu choro enquanto respiro enquanto nado enquanto braço enquanto perno enquanto choro. Enquanto vivo. Viva, Maldiva.

Nada, Maldiva. Só nada, Maldiva. Porra, Clóvis. Uma braçada para cada duas pernadas, não dobra os joelhos, vai vai, engulo água, amadora, vai, duas braçadas para cada quatro pernadas, joelhos retos dentro da água, duas braçadas para cada seis, vai vai vai vai vai. Enquanto vivo. As pernas da mexicana, do meu lado, na minha frente, cabrona de merda, sou a última, australiana já inverteu, meu outro lado, Clóvis, tô muito atrás. Vai vai vai vai vai.

Inverto, mexicana ficou, inverteu errado, Maria amaldiçoa. Trouxa. Volta os pés pra água, duas braçadas, seis pernadas, respira, respira, não chora, solta o ar, volta, braçadas, três pernadas, australiana na frente, vai Maldiva cacete, rema isso aí, braçada, braçada, solta o ar, puxa o ar, solta, pernada. Sai, australiana. Espirrando muita água, endireita isso aí, vai vai vai vai vai. Australiana tá ficando, braçada, pernada pernada pernada, braçada, pernada pernada pernada. Australiana ficou. Tensiona o músculo, Maldiva, vai que tá no final, menina, não para, não para, não para. Hora de botar tudo nessas pernas, porra. Malcolm ficou. Maldiva vai. Vai vai vai vai vai.

Foi. Bati. O ar, o ar, cadê o ar? Respira. Obrigado, Maria. Respiro. Mexicana bateu. Terminou. Não, não terminou, nunca vai terminar, cabrona de merda. Maria, obrigado. Australiana esmurra a água, todas de olho no placar, elas e eu. Esperando, respiro. Obrigado, obrigado, virgemaria, eu choro, só choro, ai, miavirge, obrigado. Engulo água, cuspo água, tusso água.

Eu.

Um braço me agarra pelo pescoço.

A alemã. Entendo nada. Me abraça, braços e água, cloro e alemão, língua dos diabos, que não deixa respirar quem ouve. Entendo tudo.

Eu choro. No ombro da alemã. Choro irritado de cloro. Choro irritado de gente. Gert me abraça mais forte ainda.

Chora, em alemão. As bruacas entendem tudo. Mexicana, francesa, australiana, chinesa, marciana, brasileiros.

Clóvis sorri. Ou chora, da arquibancada.

Entendo nada da cara dele. Faz meses que não sorri.

DO RABO AOS CHIFRES

— Tá certo...

— Te falando: já vi — o Bartolomeu disse.

— Bicho besta. — O Ambrósio não tirava o olho da faca. — Despela aí o bicho, vai.

O Ambrósio tem três olhos. Dois são os que ele traz na cara, os manifestados, os da vigia; desses, o que não tava na faca tava no couro, em cima do boi ali mortinho, já sem os cascos e os chambaris, as quatro patonas decepadas apontando pras nuvens: o bicho mesmo já tinha chegado no céu dos bois, passeando nas nuvens pretas e paradas que teimavam em segurar o chumbo. Quem acha que é desses olhos que precisa se defender é porque não sabe que o Ambrósio tem um terceiro, escondido ali no cantinho branco dos outros dois, o olho que não tem pupila: era esse aí que tava firme no Bartolomeu.

O Ambrósio tava de careta feita, amontoando uma ruga em cima da outra, enquanto bufava. Não queria amarrar conversa nenhuma, dar liberdades pro outro magarefe. Até então, tinha aberto a boca duas ou três vezes, só pra lembrar uns limites ao Bartolomeu. Mesmo assim só chiava, a lambedeira firme na mão, separando a gordura da pele, lisinha.

Terminou um lado do boi e se enfiou pro quarto de lá, pra arrematar a esfola. Do lado de cá, o matambre tava lindo, vivinho. Ia aproveitar também, já que não era surdo de nascença nem de vivência, pra meter mais distância, e ver se assim afracava a conversa do Bartolomeu. Esse aí, que abrandava tanto no serviço, desatento, ia acabar varando o couro do bicho, ainda mais que a rês que ele tava esfolando continuava vaporando, quente da sangria; o boi do Bartolomeu tava aprendendo o caminho do céu, não tinha chegado lá ainda. E estragar couro o Ambrósio não admitia, não tinha desculpa; mesmo se o estropício furador fosse um magarefe botado na fazenda pelo patrão, como era o Bartolomeu. O Ambrósio mesmo não era patrão de ninguém, ou de quase ninguém, mas era o carniceiro mais experiente de toda a região do Baixo-Wizamarí. Perfurar couro ele não perfurava tinha mais de vinte anos — não tinha um só peão vivo que pudesse dizer que viu, viu de ver testemunhado mesmo, o Ambrósio desgraçando um couro nessa vida.

O Bartolomeu tinha aquietado, e nem devia ser por pavor ou fiança do Ambrósio; tava chegando com a faca no matambre, pedaço delicado. Vinha devagar com a faca, o boi até parava de chicotear a cabeça na várzea, o boi mal matado. Deu de, sem mais nem menos, principiar um assobio: parecia música de baiuca. Ele continuou e, num soprinho taquarado, misturou duas músicas em uma. Assobiava uma música nova e velha, que ele inventou de retalhar e regrudar.

O Ambrósio soltou um bufo fora do ritmo, tinha perdido a concentração. Não gostava de música nenhuma. Afrouxou os ombros, juntou as pernas pra aguentar o tamanho e a força que mandava pra faca. Faltava pouquinho pra chegar na sacrolombar do bicho. Se aprumou dentro da camiseta branca, branca e sardenta, sardenta do sangue de hoje que ia cobrindo o sangue de ontem, que já tinha escondido o de anteontem. A camiseta, que debaixo de tanta sarda não se sabia mais se tinha sido presente de candidato ou da mercearia de Presidente Equino, vinha desfiando nas costuras das mangas que o Ambrósio tinha arrancado muitos anos atrás; tinha transformado em regata pra que nada se metesse entre ele e a esfola.

— Filha da — e aí o Ambrósio calou, pra ver se calava o assobio do Bartolomeu.

Não funcionou. Deu então três badaladas na chaira, tem que manter quente o fio, dizia. Mas fez escândalo com a faca; queria era passar recado. Daquela língua que a faca usava pra cantar, o Bartolomeu não entendia.

O assobio do Bartolomeu tava me deixando distraído, e foi quando o Ambrósio piscou os dois olhos, porque o terceiro não sossegava nem de noite, me procurando: vai pegar outro gancho, moleque, esse aqui tá torto, vai envergar.

Me botei pra andar rápido antes que o Ambrósio levantasse a cabeça. Não queria olho nenhum dele em cima de mim, muito menos o terceiro. Não queria nada do que eles costumavam me dar quando me procuravam: nem esbregue nem festa. Fui apressado, sem correr, e me veio no bico a música que o Bartolomeu tava assobiando, ou uma delas: descobri que eu não sabia cantar, que eu não tinha tido tempo de decorar poesia nenhuma na única vez que entrei na baiuca, lá em Presidente Equino. Fui assobiando enquanto subia até o depósito dos petrechos, quinhentos passos pra cima da várzea, meu par de alpargatas querendo arrebentar — por isso também não corria. Sabia só que a música falava de amor proibido, de dor proibida, e talvez de saudade. Assobiava pra me distrair da boiada, pra não ter que botar os olhos, os meus, em nenhum deles. Ficava de alheamento no céu e no chão, sem pensar, enquanto pisava o pasto terroso, pronto pro barro, sem capim nenhum, todo comido do lado de cá.

Era agosto ainda. O rebanho a gente já tinha levado pro outro lado, lá perto dos mourões, dos farpados que vão quase invadindo o Alto de Cercadinho, que é onde termina a fazenda, pelas cercas e pelas contas do patrão. O gado já vai devastando o capim de lá tem um mês. Um mês não, tem mais. Antes, um ano pra trás, dois, três, só levavam os bichos pra lá no meio de setembro, era o que o Ambrósio dizia. O céu há dias não facilitava um sol, fechado num cinza andarilho, que andava, andava e não chegava em lugar nenhum. Só andava, até o horizonte, pra lá da estrada de Presidente Equino, pra depois da cerca, até os pedaços de paredão que escorriam do morro de Santo Alpendre. O Ambrósio disse, não sei quantas vezes desde a madrugada: queria pegar a estrada pro curtume antes da chuva. Andavam falando que a primavera ia atrasar.

E eu, num pio cada vez mais alto de assobio inventado, tentando lembrar se a música falava de saudade ou de traição, e se era homem ou mulher que cantava. Vi, já mais longe, o Ambrósio e o Bartolomeu discutirem, uns trezentos e cinquenta passos pra trás de mim. O Ambrósio começava a falar pra além dos bufos, e isso nunca foi bom sinal.

Acelerei o passo. Cheguei na portinha bamba do depósito, prendi a respiração, entrei. Apanhei o gancho e saí: o cheiro de madeira podre se misturando à gordura mal lavada, agarrada nas tábuas, já tinha me botado enjoo. O Ambrósio dizia que era frescura. Bati a porta atrás de mim, pra só então soltar o ar. A porta estremeceu no batente, e ficou mais troncha do que já era, pendurada pela dobradiça sozinha. O barracão balançou, veio uma nuvem de ranço bagunçado de dentro. Eu, rapidinho, tampei o nariz com a mão. O barracão demorou mas sossegou: ficava de pé mais um ano ou dois, se não ventasse tanto.

Corri de volta. Fugia do cheiro e, de algum jeito, queria que os dois carniceiros lá embaixo, na várzea, não pulassem da trovoada pra tempestade.

— Não é todo carneiro, mas que tem tem, te falando... — insistia o Bartolomeu quando eu ia chegando com o gancho na mão.

O Ambrósio tava fechando todos os olhos que tinha, começando a se esconder naquele silêncio pegajoso dele, o jeito de zanga que ele tinha quando uma discussão ia ficando perigosa. Eu já sabia, mas o Bartolomeu, chegado agorinha na fazenda, não se tocava. Se fosse esperto, matava a conversa ali. O carniceiro velho, quieto, patinhava no sangue dos bois que se espalhava pelas folhas de bananeira deitadas no chão, silvando um deboche enquanto batia com os dedos do pé, porque bota é coisa de tafulão, na gordura mal despregada do boi que o Bartolomeu vinha esfolando. Tinha a mesma cara de mais cedo, o sol mal nascido ainda, quando eu demorei pra ir buscar as folhas no bananal do Xavier. — Se o Xavier vier encher o saco, manda ele vir falar comigo. — De toda a fazenda, só o Ambrósio entrava nas plantações do Xavier sem levar bambu nas costas. Dizem que até pro patrão o Xavier já tinha puxado vara, quando viu ele no pomar sem ter recebido ciência. Dessa eu duvido. Da parte que fala do Ambrósio, não. Essa eu já vi.

— Demorou. — Só aí ele me viu e me catou o gancho da mão. Juntou uma ponta na corrente da máquina, e a outra, ele espetou no traseiro do boi. — Se apodrecer, é do seu que mando descontar.

— Deixa o menino — o Bartolomeu veio me defender, arriado, brigando com a carcaça. Eu não precisava de defensor, eu queria ter dito. Mas agachei, só.

O Ambrósio ficou marinando o silêncio dele; é nessas horas, e mais umas outras, que eu fico esperando esporro. Apertou o botão da máquina, o suficiente pro motor tossir. Aprumou o bicho na corrente, mas ainda não içava. Aquilo não parecia mais boi: a parte dele que já tinha chegado no céu não ia se reconhecer naquele pedaço gigante de sebo esponjado da pele, que se pendurava toda desdobrada por uma tirinha das costas, duas patas espetadas pra cima, as outras duas implorando pra sumirem, no chão. Foi de ficar olhando pr'aquele berloque de boi, branco e vermelho de sebo e sangue, que eu, moleque, distraído, dei de cara com a boiada.

Tavam perto da gente, uns cem passos, nem isso. Olhando pacientes pra nós três, os três banhados de esfola. E eu, tentando ficar alerta, me perdi naquele tanto de cara de boi e vaca junto, uma colada na outra, mastigando, esperando. Acabei encontrando o que não queria: ele, o bezerro.

Na mesma hora, me doeu a pele no lugar da mordida. Cicatriz eu não tenho, nunca tive. A marca ficou mais pra dentro, da pele, do músculo, do osso, bem lá dentro, num lugar que não se acha num boi, porque do boi se aproveita tudo menos a vida. A dentada do novilho tem seis meses pra mais, foi logo que cheguei na fazenda. Os boiadeiros riram tanto, que o patrão veio mugindo lá de fora, investigar a algazarra no alojamento, saiu de lá fazendo o berrante, escandaloso: tava pagando peão pra trabalhar, não pra se encachaçar. Só o Ambrósio não riu, só ele. Não bebia mais tinha tempo.

O bicho me mordeu enquanto eu via pela primeira vez um boi sendo despelado, descarnado, desossado pelo Ambrósio, a morte certinha, inteirinha, do último mugido até o último corte. Veio silencioso, perigoso, eu sem aviso de que o bicho era disso, e me mastigou as costas, bem embaixo da garupa. Era só dente de leite, ficou me chacoteando o

Ambrósio. Mas é que doeu como se tivesse dente de lobo, eu respondi, chorando. E podia até ser vitelo, mas se firmou ali, parado, me olhando, igual um guará. A cabeça ficou me cheirando o sangue, ou o que pudesse escapar de mim, de longe.

Agora tava um bezerro maior, parecia até outro diabo de bicho. Eu torcia pra que desviasse os olhos pro monte de gordura e músculo que tava pendurado na máquina. Se a carcaça era de um parente seu, um tio, primo, o pai, nem velou; quem ele ficou ali velando foi eu, o demônio. E eu esperando, pra ver se ele mostrava a dentição.

Foi então que gemelhiquei de susto, um barulho: era o motor velho do guincho. Era o Ambrósio.

— Cordaí, moleque!

— Deixa o menino — o Bartolomeu, de novo; me defende tanto que, se eu tivesse de pagar, meus cento e cinquenta da semana ficavam vintinho rapidinho.

— É pra hoje, viu? — O Ambrósio apontou a língua pro Bartolomeu sem olhar pra ele, passando recado, lembrando os limites; olhava era pro boi que o Bartolomeu esfolava, empoçado de sangue.

— É que minha faca tá uma merda.

— E não é conversa mole que vai afiar; nunca vi. — O Ambrósio tava gritando, podia ser por causa da barulheira do guincho; içava o bicho, que subia adiantado na esfola, da barbela até o traseiro.

— Não. É que a faca é ruim mesmo. Boa é a sua.

— Só economizar. Faca boa e barata, só se for roubada.

— Essa aí de cada um que compre sua faca é de matar, hem? Patrão é que devia fornecer: instrumento de trabalho.

Basta um de nós inventar de falar do patrão; o Ambrósio ironiza, foge. Faz aquele ruído, que é uma pancada de papada e de fôlego, um ganido de porco e de galo, tudo junto. Se chegar pro Gabola no fim da lida, pagar cinco cervejas e tiver tempo pra esperar a carraspana chegar na cabeça, o vaqueiro imita o Ambrósio direitinho.

— Puta merda!, préstenção no couro aí!

O Ambrósio já tava prevendo o que daria a faca ruim do Bartolomeu em sociedade com o Bartolomeu: atravessaram um pedaço bom da pele, perfuraram até a flor do couro.

— Não sou magarefe, falei!

O Ambrósio se abaixou, foi pra perto do bicho que o Bartolomeu castigava; no buraco aberto pela faca, cabia sua mão aberta. Ele devia tá fazendo as contas de quanto daquele boi ia parar na graxaria. Pela carranca dele, enrugando de um jeito que faltava pouco pra rachar a casca de jatobá que ele tinha na pele, pouca coisa ia chegar no curtume.

— Te falei: — o Bartolomeu insistia — sou melhor com ovelha, carneiro, cordeiro. Uns bichos fortes, feitos pro sol, coisa mais linda. Não têm esse olho morto aí, de quem tá vivendo só pra morrer. — O Bartolomeu falava alto, descuidado; apontava pro pasto, balançava a faca ruim, espirrando sangue na direção do gado. Cuidadoso, eu fui procurando o novilho, não queria que ele ouvisse nada daquilo. Com o susto que levei do motor do guincho, tinha perdido ele de vista. Sabia que ele tava ali, escondido naquela montoeira de boi. Me ardiam as costas.

O Ambrósio levantou os olhos na direção do Bartolomeu, e toda a boiada imitou ele — qualquer um que visse ia conformar de achar que todo boi, vaca, bezerro tinha também três olhos, cada um. Bateu com a língua nos dentes que ainda tinha na boca, na mesma hora em que o guincho estalou: tinha elo gaguejando do esforço, batendo na engrenagem. Já tinha chegado no limite de içar o boi do chão. O Ambrósio, sentando o dedo, só soltou o botão quando o motor tava quase estourando. Escapou um alívio de fumaça da máquina.

— Verdade: carneiro é imortal, bicho imponente. Parece que nem sabe que vai morrer. Não tem essa cara de abate aí. — E apontava a faca pras reses. Era uma língua de peba, dessas ruinzinhas mesmo. Na mão do Bartolomeu então; não era por menos que ele não tinha feito nem metade do trabalho do Ambrósio, que esse já tava metendo a faca no bucho do bicho dependurado, pra estripar.

— Eu ficava lá no rancho tentando adivinhar os porquês. Porque tem carneiro que não dá chance mesmo pras ovelhas. Elas lá, empinando o rabinho, e nada. Tem carneiro que só quer montar carneiro.

— Essa conversa de novo? — O Ambrósio não se segurou, conhecia bem os limites.

— Te falando que já vi! Vi e foi mais de uma vez. É da natureza deles.

— Aí, homem, essa carne apodrecendo; já basta o tanto de couro que você estragou.

— É de deixar a gente se admirando, vendo que os bichos têm alma também.

— Asneira dessa. Cordeiro é coisa de Deus, homem! Tira o pecado do mundo. Tira o pecado... não, diabo! Olha o couro! De novo?

O Bartolomeu puxava a pele do bicho com um desrespeito. Mais um buraco.

— Sai daí, deixa eu esfolar essa merda. Se deixar você carnear, aí é que acaba de estragar. — O Ambrósio toca mais de dez badaladas na chaira com a faca; nunca toca mais que cinco. Bufa, fica um touro de lâmina na mão. E aí faz o que nunca vi ele fazer: aponta a faca pro Bartolomeu. Ralha com quem quer que faça; imagine!, apontar faca pra colega.

— Essa merda vai é apodrecer, o prejuízo! — diz o Ambrósio, que já devia ter calculado que o boi ali estripado é de vinte e uma pra vinte e duas arrobas, dá um bom dinheiro. O Bartolomeu grita de volta e afunda a faca, só de despeito, no bicho mal despelado no chão; o Ambrósio tá abraçando as vísceras do boi içado mas percebe, de terceiro olho, a teimosia do outro peão. Já tinha se decidido a fazer os dois bois, já tinha anunciado, e o Ambrósio não é de admitir que ignorem ele. Puxa a tripaiada inteira de dentro do cadáver, com violência. Eu dou dois passos pra trás, fujo do sangue, da graxa que escorre pra cancha; tenho nojo dessa parte do trabalho. O Bartolomeu só não pula porque, quando vê, é tarde. Daqui, sinto o calor dos intestinos e do Ambrósio. Ele gosta desse trabalho. Te falando. Os boiadeiros contam que, quando era ele sozinho pra carnear, fazia tudo pelado (eu sempre pergunto se é isso mesmo), só com a cinta da faca e da chaira embaixo da pança. Dizem que ele nunca quis ajuda, que o resto era tudo peão bruto que não sabia esfolar nem despostar, que quem carneava boi aqui na Rabo de Pavão era ele e tamos conversados. Só quando o patrão resolveu que ia comprar mais cabeças, que ia começar a botar mais dinheiro no corte, mas ainda ia manter o gado de leite, que ia botar mais pasto pra dentro da mata, que vai logo logo construir um galpão aqui na várzea pra dar conta desses novilhos que não param de engordar, que vai precisar de mais magarefe pra dar conta do tanto de futuro que ele vê aqui, foi só aí que o Ambrósio teve que baixar a cabeça. A fazenda tá aumentando, eu vim pra cá, veio o Bartolomeu de favor que o patrão devia pra alguém, e tão falando que lá pra outubro chegam mais uns cinco carniceiros. O Ambrósio fica de um jeito com esses planos da fazenda; não dá nem pra tocar no assunto com ele. Se bem que não tem assunto bom pra tratar com ele. No começo, eu achava que só não se podia falar da paixão escondida que ele tinha pelas barbelas e pelas meias-carcaças que abria; os peões que me avisaram quando cheguei: não fala isso perto do Ambrósio, deixa ele ir deitar. Bom é que deita cedo, janta e dorme, se lava, mas não é todo dia. O Ambrósio não bebe mais. Antes, achava que era por causa de religião. Agora, já não sei.

O Bartolomeu termina de esfolar um dos quartos, finalmente, a pele esburacada de um jeito que tá igual tapete de rendeira sem agulha. Solta um "bicho gorduroso da peste". Dá pra ouvir a tempestade querendo chegar, tentando atravessar Santo Alpendre. Todo mundo tinha esquecido da chuva até então.

Na mesma hora, eu persigo os olhos do Ambrósio. A casca de jatobá prontinha pra arrebentar na cara dele, vermelha. Dou falta da mesma coisa que ele. Ele se vira e me olha no meio da cara:

— Filha da puta! Cadê a serra? Vou abrir a carcaça com o quê?

Nem espero. Começo a correr, sem nem virar o corpo. Tropeço na montoeira das patas, nos mocotós jogados pra lá da cancha, na borda da várzea, as botinas de bicho que o Bartolomeu se atrapalhou tanto pra cortar quando começou a esfola. Vou de cara no chão. Encho a boca de terra, cuspo, engulo, me ralo nem sei onde. Levanto, uma alpargata querendo voar, voou, as pernas ventaniadas feito bezerro que acabou de nascer, pedindo mãe; a minha anda longe daqui. Tenho terra na orelha, corro mais que carneiro, mas ainda escuto os dois açougueiros:

— Deixa o menino, ô, Ambrósio. Que porra!

— Cala essa boca! — Até agora, achava que o Ambrósio só falava assim comigo. — Não cuida direito nem dessa merda de bicho aí, vai querer cuidar da vida dos outros? Você veio pra me dar mais trabalho, a hora que for levar esse aí pra ribeira, esse tanto de gordura pregada assim, pra lanquear...

Vou dando patadas na terra e não ouço mais nada direito, não ouço a terra nem o céu, nem o vento que se esquece de me chegar no peito. Não ouço a boiada.

Pelo pouco que vejo, cabeça às vezes virada pra trás, os dois homens estão de pé, apontando as facas um pro outro, nunca serão amigos, agora já são bem menos que colegas. Ficam se aboiando um pro outro. Tem uma banda de trovão chegando, cada ribombo chegando mais perto, a chuva vindo de trovadora com o corisco.

E pouca coisa atrás deles, de tão pouco que eu consigo ver, eu vejo: o bezerro.

Me perco, desabalado, sem querer perder o desgraçado de vista. Quando viro de frente, já é o depósito. Dou um encontrão na porta. Ela cai, ia durar mais um ano ou dois, agora já foi.

Entro sem tomar fôlego.

O cheiro do barracão: é como se eu comesse e bebesse ele inteirinho, me vem direto no estômago.

Pego a serra sem olhar. Tento aprender, ali mesmo, como se faz pra não vomitar.

Pulo pra fora. Só depois de tomar ar é que me dou conta: a serra que eu apanhei é das que o Ambrósio detesta: cega, velha. Penso no esbregue que vou levar, mas no barracão é que não entro de novo. Não quero sair lavando o pasto, fazendo barro sem chuva.

Olho pra cima; o céu se deixa sujar de cores que, assim que caírem, vão trazer fogo e enxofre pra Rabo de Pavão; vai ser uma chuva de lavar pecado.

Começo a correr de volta. Primeira coisa que encontro é o bezerro, muito mais perto agora do que quando fugi da cancha. O Ambrósio e o Bartolomeu continuam de aboio um pro outro, dá pra ouvir. Me preocupo: se forem pra faca, o Ambrósio deita o Bartolomeu; tem mais faca, mais séculos de carniçaria.

Eu corro, não em linha reta, pra evitar o novilho. Penso que dá pra evitar o pior.

O bezerro começa a se mexer na minha direção, vem andando. Parece que quanto mais corro pra longe dele, mais perto ele fica de mim. Eu paro. O bicho também. Quantos passos faltam até a cancha, não sei; são bem mais de mil, parece. Levo a mão às costas, ardentes, quase no lombo. Empino a serra com a outra mão, enferrujada. Quero parecer ameaçador. É difícil. O novilho continua parado, arqueado. Arreganha os dentes, fica me olhando: quer saber se eu vejo todos os caninos de guará que ele põe pra fora. Eu vejo, só os dentes e os olhos mortos-vivos, como se eu e ele tivéssemos fechados dentro de um barracão sem parede gordurenta, sem tábua fedida, só eu mais os dentes e os olhos, como se não tivesse mais fazenda, Rabo de Pavão, como se não tivesse dilúvio pra chegar nem magarefe querendo se matar porque sabe demais ou porque não sabe de nada. A respiração eu prendo, porque é o único jeito que eu conheço pra entrar e sair de barracão assim, mesmo que seja imaginário; boto um pé pro lado, penso em fugir de través; o bezerro, que agora está a uns trinta passos de mim, imita um touro de lide, arrasta terra pra trás com o casco, como se fosse um garraio bravo. Boto a mão nas costas, a dor querendo me botar torcido: arde, parece carne-viva.

Arria. Cai, como se não tivesse tido mãe pra ensinar a usar as pernas. No lugar dele, vem, maior, pior ainda, o

Ambrósio. Meteu um soco no filhote, de cima pra baixo, na altura da mochação. Chega rápido até mim. Sem pensar, eu meto os braços por cima da cabeça, como se eu também tivesse duas pontinhas de chifres pra descornar, a serra velha numa mão. Ele me apanha pelo braço.

— Essa serra levantada é pra mim?

A serra cai no chão. O Ambrósio me sacode. Eu fico sem dizer nada.

— Filha da putinha, você.

Ele para de me sacudir, só não me larga. Cata a serra. Começa a me puxar em direção à cancha. Fico me sentindo um monte de tripa arrancada, desordenada, quente. Devagar, vai se colando em mim. Eu olho pro bezerro no chão, a língua pra fora, manchada de terra. Tremendo, o bicho tenta se levantar com as patas da frente. Bambeia e mete a boca no chão outra vez. Nem os olhos levanta pra mim.

O Ambrósio me arrasta, me bota colado nele, na camiseta suada, colada em tudo que é dobra e pelo. Quero fugir, como dizem que fugiu dele uma noiva, índia, novinha. Fugiu dele, do altar, da igreja, da vida. Faz tempo, dizem.

Ele cola a boca no meu ouvido: — Esse Bartolomeu não serve pra boiadeiro, não. — A voz dele chega igual a uma viola, tão certinha, tão diferente do trovão que ainda agora me tinha feito derrubar a serra. — Falar com o patrão pra dispensar. E se não dispensar...— A risada sai enjeitada dele, como se fosse pra eu não entender. Mas eu sei; sei que não tem nada a ver com trabalho. Sou pior que o Bartolomeu no serviço. E o Ambrósio nunca que me pega no pé desse jeito.

Antes pegasse.

Aponto a cabeça pra onde está o Bartolomeu, mais longe. Não olha pra mim nem pro Ambrósio. Briga com o cadáver. Se o bicho estivesse vivo, dava menos trabalho. O Ambrósio vê também, e escuto o arcabuz que ele guarda lá dentro, pra não ter que falar mais nada: "E se não dispensar…". Fico quieto pra fingir que não entendi. Não tiro o olho do Bartolomeu; começo a imaginar o que ele fazia quando trabalhava com carneiro, o que é que tem de tão diferente de um bicho pro outro.

O Ambrósio reduz o passo, uns cinquenta passos antes de chegarmos no Bartolomeu. Me aperta mais: a mão inteira dele fechando em torno do meu braço, me puxando também uns pelos do sovaco. Me levanta pra perto da boca dele, eu fico me sentindo um pintinho acabado de chocar.

— Melhor você encostar lá no meu quartinho hoje. — Ele vem e fala, tão baixo e tão perto, que é pra um só ouvido escutar. — À noite, vai gelar de novo. — Eu achava que era por causa da religião. — Ainda mais com essa chuva aí! — Andam falando que a primavera vai atrasar. — Ele também vai querer gente pra esquentar ele. — O Ambrósio tira os três olhos das nuvens e bota eles, sem piscar, pra cima do Bartolomeu. — Você vem e eu te protejo dele. Como sempre fiz.

Papo mais besta.

— Te falando: já vi — o Ambrósio diz.

— Tá certo… — respondo.

O Bartolomeu vê que chegamos, só não olha pra nenhum dos dois. O Ambrósio me larga, dá um sorriso que dessa vez não tem como confundir. Olha pra serra velha e continua sorrindo, do mesmo jeito. Não reclama. Começa a assobiar outra música, que não é nenhuma das duas que o Bartolomeu tava estragando agora há pouco. Eu fico olhando pro Bartolomeu, esperando ele olhar pra mim. Tá concentrado, quieto. Perdeu a vontade de me defender.

Sinto as costas arderem. Talvez um pouco mais pra baixo. Tem gente que duvidaria se eu contasse, a maioria.

E sinto uma coceira, essa perto do umbigo. É o couro da bainha. Coça que nunca vi. É nova, deve ser isso. O Régis lá da venda me disse que valia a pena pagar mais duzentinhos. Dava até desconto, se precisasse, já que eu quase nunca ia a Presidente Equino. "É pra sua faca nova não enferrujar, menino", ele disse.

Olho pro rebanho. Sei nem como: o bezerro sumiu.

RUA SILVIA

Ângria puxa a barra da minissaia para baixo, maldito degrau e, e, e para que uma coxa grossa dessas? Ouve o raspão da sola de sapato às suas costas. Pelo escândalo que tira da calçada, é masculino. Percebe os passos rápidos que sufocam o eco dos passos anteriores. Vai para a rua, agora anda colada à sarjeta. Resolve assim a teimosia da saia, que dobra-dobra a cada um dos muitos degraus de rampa de garagem que ela tem de vencer na rua, inclinada, pirambeira. Com a manobra, consegue ainda olhar para trás sem parecer que está olhando. Distingue duas figuras de homem: uma, mais próxima, descendo pelo mesmo lado da rua, à distância de dois galopes; a segunda, cem metros atrás da outra, começando a ocupar a mesma calçada. Ângria acelera, não muito; não quer que a tomem por assustada. Já basta estar indignada: acabou de ser esquecida no cinema, a segunda vez só este mês; agora Lóki não só se atrasou; sequer atendia o telefone. No escuro, xinga Lóki e a companhia de eletricidade: passou a semana inteira e ainda não trocaram as lâmpadas da rua. Poderia dar meia-volta, buscar asilo no hospital particular pelo qual tinha acabado de passar, um oásis cegante de tantos watts, com a desculpa de usar o banheiro, esperar meia hora, até que não houvesse mais silhueta de homem na rua. Ideia ridícula. Vontade de mijar até tem, pouca, mas estará em casa dentro de cinco minutos. Toma um susto com o segundo raspão de sola no concreto, o ruído bem mais alto, bem mais perto, e percebe o tchof-tchof-tchof dos sapatos chegando mais ligeiros do que o tum-tum-tum que lhe agride o peito. Muda a estratégia: volta para a calçada, dá uma paradinha, se escora no muro, levanta um pé, espia na direção do hospital, atrás de algum segurança de ronda, não vê nada, nem segurança nem ronda, finge que arruma o forro do tênis, como se o cabedal lhe pica-pautasse o calcanhar. Ângria falha ao engolir a saliva. Engasga. A primeira das duas silhuetas passa por ela, não desacelera, não diz nada. Segue. Sem desviar a vista do tênis, ela confirma, sob o único poste com luz na rua: homem, largo, dá três dela, de jaqueta folgada e inútil, a noite é de verão sudanês em São Paulo. Ia esperar o sujeito ganhar uma distância de cinquenta metros dela. Só que verifica a segunda silhueta, pelo canto onde se enroscam os cílios: está parada, escondida atrás da figueira cujas raízes vivem há anos reclamando para si aquele pedaço de calçada, inacreditável: está com o pau na mão, ou se preparando ou fingindo que vai mijar na árvore. Ali? Ângria reavalia o plano de se exilar no hospital, mas agora é tarde, já é presa fácil. Mete o tênis no chão, pensa em Olimpíadas, no quanto lhe falta de sangue jamaicano. Comprime os dedos na ponta dos tênis, testa a palmilha, o equipamento. Parabéns, Ângria, por ter desistido do salto alto antes de sair de casa, no último segundo. Temia que ficasse elegante demais ao lado de Lóki, sempre vestido como se tivesse acabado de sair da arquibancada ou da musculação. Ela vê, no fim da rua, quase na esquina, a sombra do primeiro homem, seguindo em frente, ocupando a calçada toda. Reza, ex-católica, atual espírita, para que se exploda a esquina, para tirar do gigante qualquer oportunidade de emboscá-la. Só que Jesus é das antigas, celetista, admira a lealdade corporativa; não anda pegando jobs. A silhueta de trás, talvez de pau na mão ainda, retoma as passadas, ela escuta, bem mais leves que as do outro cara; se pedissem retrato falado, não teria o que oferecer: não viu o rosto de nenhum dos dois. Sabe apenas que o homem da jaqueta é alto e gordo, talvez pardo; e que o de trás é bem mais magro, de calça (jeans, talvez) e camiseta clara. Indecisa — corre ou para de uma vez? —, se arrepende de não ter permanecido na avenida Paulista, na proteção paradisíaca do cinema, mesmo sozinha, em vez de se enfiar naquele purgatório, apoplética que estava com o bolo que levou, para voltar ao Bixiga, de volta para casa. Põe a mão no zíper da bolsa. Vai ligar para Lóki. Não espera que ele atenda, mas vai para o sacrifício: exibir o celular torcendo para que os dois homens a assaltem e sumam. Nenhum objeto vale uma vida, nem mesmo seu celular. Logo de cara, se ele atender, vai falar onde está e, assim que for abordada, vai gritar por socorro. Ou liga direto para o 190? Saca o aparelho e o ostenta, devagar: é a isca perfeita. Liga para Lóki; acha que ainda não tem o que relatar à polícia. Escuta até o fim os sinais da chamada, não atendida; o gigante acaba de sumir esquina abaixo. Fica de celular na mão, esperando o bote, torcendo pelo assalto. Está prestes a jogá-lo no meio da rua, para mostrar aos predadores: podem levar, sem resistência. Grana também; não tem quase nada, teria dado para uma pipoca pequena se tivesse ficado no paraíso do cinema, mas começa a tirar do ombro a alça da bolsa. Percebe uma tremedeira, um início de febre. Sem olhar para o chão, ou justamente porque não tira os olhos do chão, dá com o bico do tênis branco num degrau mal feito da calçada. Tropeça, mas segue em pé, celular na mão, bolsa na outra. Sente a saia se enrolar sobre a pélvis. Escuta, poucos metros atrás de si, a mais impura risada do purgatório, seguida de uma frase enrolada que só pode ser traduzida como: "Tá querendo, né?". Aproveita o tropicão, ajeita a saia, desabala num trote. Fica preocupada só com a retaguarda, esquece o que vem pela frente, pede que Jesus, que se recusa a explodir qualquer coisa, libere duas gotas quenianas em seu sangue, para que consiga correr sem parar. Projeta nas coxas, agora totalmente descobertas porque a saia virou uma tira de pano franzido, os músculos de uma gazela na savana, mas, a cinco passos da esquina, desconfia de que será a gazela derrotada, as patas escancaradas nos ângulos errados. Continua, não vê outro jeito. Escuta atrás de si dois ou cinco "ô-ô-ôs". Fecha os olhos e dobra a esquina, pronta para o abate. Segura firme o celular, a bolsa, talvez os use como armas. Não consegue gritar socorro: a garganta, irritada; a boca, sem saliva. Desce os degraus da esquina como se fosse o maior dos despenhadeiros da Namíbia. No instante em que abre os olhos, à velocidade descontrolada das gazelas, tromba com a esperada couraça de crocodilo, impenetrável: o torso do gigante. Sua surpresa é abafada, junto com uma segunda tentativa de grito, no náilon fedido do casaco. O gigante tira a mão da jaqueta, ampara Ângria para que não caia para trás, ela quer chorar, sente a mão áspera em suas costas nuas, ele a empurra com pressa, e diz a uma distância segura do ouvido: "Moça, corre mais, que não quero testemunha." Ele a solta ladeira abaixo, ela ainda ouve: "Mulher nenhuma merece ver essas coisas".

Ângria está há mais de onze horas encolhida no chão do quarto, um dos tênis brancos ainda nos pés, sem coragem para se despir da saia e da frente única, que escolheu depois de gastar muita indecisão e muita fantasia muito tempo atrás, ontem ainda. A porta do quarto trancada, assim como a do apartamento. Chora e cochila e acorda, e volta a chorar. Escuta o celular vibrando nos tacos do assoalho, largado no chão a quase três metros. Cada vez que o aparelho vibra, ela se assusta: lembra dos gritos, que até então julgava incompatíveis para um homem, impossíveis, vindos do lado invisível da esquina, enquanto ela tentava enfiar a chave na porta do prédio, depois que o gigante de jaqueta de náilon a expulsou de seu futuro. Encolhe-se ainda mais. Não fará nada neste sábado, nem mesmo comer, ir ao banheiro. Muito menos responder à mensagem que acaba de chegar, enviada por Lóki: "Lókinha, é hoje ou amanhã o nosso cineminha?".

LILIAN IN A LIFETIME (BREVE ROMANCE DE DEFORMAÇÃO)

VIII. LAST LILIAN

Jornalistas sempre foram um problema, recomeçava Carlos.

Ricardo os tinha em alta conta: são cruciais. Cruciais somos nós, rebatia Carlos, pois lembre-se, ele continuava do lado de lá da mesa de dissecção, que sempre cabe uma cruz em tudo aquilo que é crucial. E me diga, Carlos dificilmente cansava de discussões como essa, que cruz eles carregam, se todo o trabalho que têm é ouvir, e reproduzir, e sair cortando sem critério o que a gente fala?

Harriet, o sapo, estava de abdômen para cima, decidindo se era comédia ou tragédia o que deveria esperar daquele junco prateado que ficava zumbindo, acima de suas vistas, pra lá e pra cá na mão de Carlos, perto demais do que Harriet acreditava ser seu ventre.

Isto aqui é um absurdo!, Carlos levantava o bisturi acima da cabeça como se fosse posar para um Pedro Américo, de espada prateada, anunciando o fim de uma era. Por um acaso, ele apanhou o jornal que pulsava na bancada lateral, você já leu?

Ricardo lera; achou melhor não responder nada, já tinha se acostumado a ficar nos bastidores. Fingiu que lia uma segunda vez, sem sequer descalçar as luvas.

"Prostituta brasileira comete suicídio no país dos lemingues suicidas".

Isso lá é título que se dê?

Harriet, o sapo, estava começando a achar tudo aquilo pecaminoso; ele ali, de barriga para cima, escancarado. Decidiu, sem perder de vista o junco cintilante e tempestuoso, não esperar mais por uma comédia ou tragédia: já se preparava para encenar um auto.

Por Darwin! Lembra-se daquela outra vez? O menino de cabelo verde e laranja? Jornalista, ah. Foi uma verdadeira enterotomia fazer o sujeito entender que panda não é urso. Tivemos até de explicar que aranha não é inseto e baleia não é peixe. Tivemos de explicar a ele os porquês, barbaridade!

Ricardo lembrava, sim; lembrava que falara bem pouco, nada além de fazer a claque ao colega: a entrevista era sobre o milagroso aumento da população de pandas na China. Fora uma entrevista difícil, a reportagem ficou ainda pior: não mencionava o nome de Carlos nem o de ninguém, só o da universidade.

Onde já se viu? Lemingue suicida? Lemingue não se mata! Não se atira do penhasco, não se joga Noruega abaixo. Os gestos de Carlos ficavam perigosos; brandia o bisturi com cólera espartana. Seria como se, e Carlos apontava a ponta afiada do instrumento para Harriet, esperássemos que este anuro virasse príncipe e nos desse a honra de confidenciar seus nobres pensamentos. Era a deixa para Carlos se aborrecer de vez: largou o bisturi sobre a bancada, bateu nela com o punho fechado, retinindo o aço polido, inoxidável, marcado de tantas incisões profundas.

Vou ligar para esse jornalistinha e é já! E deu mais um soco na bancada.

Harriet expirou, como nenhum outro Harriet havia expirado antes naquela sala. Nutria ainda a esperança de voltar, antes de virar qualquer outra coisa não-Harriet, para a gaiola dos Harriets sapos e das Harriets rãs. Viviam todos juntos, eles mais as Harriets pererecas.

VII. LOOSE LILIAN

O que eu mais gosto nela é a bunda. Não conheço terreno mais fértil para a minha imaginação. Já fantasiei com os lábios, o sorriso. Os calcanhares também. Lilian sabe usá-los como se fossem mãos. Às vezes, sinto-os como tentáculos, me enlaçando, me desesperando. Lilian me testa, quer saber até onde vou. E, principalmente, até onde não vou.

Me testando ainda agora, antes de eu sumir no carro: quer ir para a Noruega, me deixar enterrado, sozinho, na lama do Lácio. Fugir até mesmo do meu horizonte, porque posso ficar aqui pela eternidade, lixando as retinas de tanto procurá-la para lá do Tirreno e jamais a encontrarei. A Noruega sempre vai estar na minha nuca.

E não há nada que eu possa fazer. Ou há. É isso que ela está testando. Diz que lá, em Oslo ou na Noruega que a parta, faltam brasileiras, essa beleza exótica (isso fui eu quem lhe disse) que ela tem. Está me chantageando, só pode. Quer que eu lhe dê mais do que brincos, bijuterias. É o jeito de negociar dela. Sabe o quanto vale: pelo menos catorze vezes o preço que pago. Acredito até que poderia pechinchar, oferecer metade. A noite com Lilian é uma criança, de tão barata. Mas não barganho, nunca barganhei. Não me surpreenderá se, em vez de ascender para Oslo, me pedir o dobro na semana que vem, me pedir uma pulseira que não seja cunhada em latão e seixo vagabundo de rio.

O calção, por Deus. Quase esqueço. Preciso achar um escape onde encostar o carro, jogar fora esse calção de banho. Espanar de mim essa areia toda, o máximo que der. Imagine levar areia de Santa Marinella para casa! Vestir então a cueca, a calça e a camisa, rápido como se fossem uma peça só. Voltar ao carro e ensaiar minha cara de cansaço, de revolta; a cara de quem, há mais de um ano, não consegue mais folga da firma aos sábados.

VI. LADY LILIAN

— Latina! — o lorde de Longchester não ligava o nome a ela; alegava um lapso, uma leseira, embora o lembrasse. Largado solitário na biblioteca, sentia-se lesado pela longa saudade, uma melancolia de uma semana longe da Latina, uma longa semana e mais um dia.

— Quer o que querem todas — isso ele também sabia; mas era desleal, ilegal largar Liz, leixá-la, como dizem as epístolas lusitanas, para levar a vida ao lado da Latina. — Just fancy that!

— Liz é linda — a Latina também o era, embora não coincidissem em mais nenhuma outra limpeza que ele, o lorde, lucubrasse, lobrigasse; Liz era além de linda: loura, lisa, luxuosa, leve e, acima de tudo, londrina. — Um troféu, uma palma, um louro.

— A luxúria — essa faltava-lhe, falhava-lhe; a Liz, não ao lorde. Nunca, em lugar algum da mansão de Longchester, em tempo algum, legaram os dois, como casal, as repercussões mais sonoras, mais libidinosas da lascívia. Liz era partidária e admiradora das reações e realizações mais rotineiras. — Ora, como se o que eu reclamasse fosse que me regalasse com o reino do ardor — o lorde reputava, é bem reles o que requisito, rasteiro, umas raras ramboias: uma felação mensal, um anal anual. Ridicularias.

— Resta-me Roma — para o lorde, Roma era rever a Latina, religiosamente a cada catorze dias. Nisto sim, era boca, cu e xota (que, na realidade do lorde, outras reputações não restavam a cada um dos recortes que recordava da Latina), sem frescura, só rebordosa.

— My fair lady — refazia, recostado em seu récamier, o que nele restava da retidão de um Rex Harrison que ainda sonhava em resgatar da rua, sem alvoroços, uma florista sem ramalhetes. Renunciou aos remordimentos quando reparou, uma última vez naquela noite, que restavam oito dias para retornar a Roma, rever a sua própria Eliza Doolittle. Erigiu-se. Levou seus ruídos até Liz, recolhida ao leito. Rugia a essa hora.

V. LACTANTE LILIAN

Eu acabo de ver você subir no carro. De um outro cara. Eu me atrasei. Seria hoje o dia. Mas eu demorei. Eu sinto raiva de você. Eu não aprendi a lidar ainda. Você sabe o quanto eu demoro para chegar aqui. O caminho da oficina até aqui anda um inferno. E você sabia que eu viria hoje. Eu te disse na segunda. Com todas as letras. E eu sei que você ouviu. Estava distraída com as malditas garcetas voando acima do Manzanares, pousando na água, mas ouviu. Eu te fiz ouvir. Eu não consegui te dizer aquele dia. Mas hoje eu ia dizer. Com todas as letras. Eu ia te dar provas. E você some. No carro de um qualquer. Um guiso. ¡Ay! Um idiota assim. Um tipo desses que não sai da Montera. Se não fosse você, ele pegaria outra qualquer. Pero ¿qué hay de mí? Eu só penso em você. Eu ia te dar uma chance. A chance de uma vida. Nenhuma latino-americana ia ter uma chance assim. Ainda mais uma brasileira. Eu já tinha pensado em tudo. Moraríamos no meu apartamento. Só sairíamos de Moratalaz quando minha mãe descobrisse. Ela ia descobrir. Ficaríamos pelo bairro mesmo. Ou procuraríamos alguma coisa em Mirasierra. Você consegue imaginar nós dois em Mirasierra? Os passeios no parque aos domingos. No shopping, em Montecarmelo. Em breve, não seríamos só nós dois. Planejei quatro filhos: Hector, Diego, Lucia e Alba. Nós teríamos nossas dificuldades, claro que sim. Mas eu aprendi algumas coisas com minha mãe; você aprendeu as suas, na rua. Enfrentaríamos. Eu trabalharia dia e noite por você. Pelos niños. Nós envelheceríamos em nossa casa, em Conde Orgaz. Nós ficaríamos ricos. Velhos ricos. Nós receberíamos os niños aos domingos. Nós faríamos o melhor callos a la madrileña do mundo. Eu enterraria você no Almudena quando chegasse a hora. Um túmulo duplo. Assim, você me esperaria com conforto. Eu ia até pagar um servente todo mês, para que você não ficasse esquecida; não podemos ficar abandonados do mesmo jeito que se abandona todo o resto no Almudena. Um horror. Eu ia te dizer. Eu ia. Eu ia te dar a chance de uma vida. Uma chance para você ficar aqui. Para você não fugir para a Itália. Uma chance. E você decide sumir no auto de um outro guiso.

IV. LOVELY LILIAN

— Por que sua cliente chama o ilícito de "limões"?

— Não sei, Meritíssimo.

— E o que há de especial nesses limões da Lituânia?

O juiz nunca tinha provado ou sequer conhecido os tais cítricos lituanos; começava a se arrepender de deixar que entrevissem nele tanta curiosidade; era bom em omissões; mas Lilian estava lá.

— Por que você se deixou envolver com esse tipo de coisa? — O juiz tomou coragem para se dirigir diretamente a ela, sem o intermédio do advogado de defesa, mas se acovardou ao abrir a boca: queria ter dito "se envolveu". Uma bolha na garganta, que subiu do umbigo, fez com que mudasse a pergunta no último segundo.

Lilian, sentada, mantinha a cabeça ereta. Ocupava o lugar que sempre coube às rés, mas havia inaugurado uma nova era naquela sala de audiência da comarca de Lisboa. Adejava, parecia, acima do tablado do juiz. Todos na sala mantinham os olhos grudados nela, mesmo quando eram outros os que se pronunciavam — o juiz, o advogado de defesa, o promotor. Lilian assistia à audiência sem falar nada.

— Encontramo-nos em situação complicada. — O juiz não sabia que outro veredicto poderia martelar naquele instante. Lilian permanecia muda. E, ainda assim, ele se hipnotizava. Mesmo que ela estivesse trajando uma combinação de saia e tailleur com a estampa mais insípida que já se vira sair de uma tecelagem de Braga; a maquiagem, se é que se maquiara, era discreta, nenhuma cor que se pudesse chamar de sensual, entorpecente; arrumara os cabelos como quem vai às novenas. O juiz não entendia como podia estar com o umbigo e a garganta tão inquietos. Pigarreou, tomou o processo nas mãos, petição simples, poucos autos, contrabando, presa em flagrante pela polícia aeroportuária. Sentença óbvia, ele pensava, enquanto torcia para que Lilian descruzasse lentamente as pernas. E que então levantasse da cadeira, caminhasse até a tribuna, falasse com ele. Para que lhe ensinasse as palavras que ele nunca pronunciara, lhe descobrisse os arrepios que ele ainda ignorava. Arrependia-se. Pedia para dentro de si, para aquilo que morava em suas entranhas, tão vizinho do umbigo, para que lhe perdoassem. Leu a peça por alto, verificou se Lilian havia descruzado as pernas. Frustrado, sozinho, sem ter sido atendido, desprovido de qualquer poder telepático, pelo qual trocaria o único poder que ele tinha em mãos, consultou novamente as entranhas, antecipou o futuro, calculou de cabeça os estipêndios pelos serviços prestados à ré, pensou em pelo menos dois provérbios que falavam de esperança, enquanto tentava lembrar algum outro que falasse em retribuição. Encerrou o suspense. Bateu o martelo:

— Concedido!

3. LOVING LILIAN

— Não beija na boca.

— Por quê?

— Dá sapinho; vai ficar com a boca cheinha de cobreiro.

— Nada a ver! Eu quero é o pacote completo.

— Então vai e come o cu também, se ela deixar. A gente não vai pagar por isso, mas vai que. Se ela for legal…

— E tem que pagar?

— É um cabaço mesmo. Cabação completo, da cabeça ao pau.

— Vai se foder.

— Olha a educação, menino. Continua mal-educado desse jeito que pego a grana e vou é eu comer essa puta. Nunca vi puta gostosa desse jeito.

— É tudo isso?

— Ô se é! Bem que eu queria ter perdido o cabaço com uma gostosa dessas. A Sheila, Shirley, aquilo foi bagaceira demais; serviu pra me tirar o lacre e só. Era de dar pena.

— É difícil?

— O quê?!

— Perder, é, perder, assim, perder, sabe?... o cabaço.

— Não esconde a cara, não. Ha, ha. Vai ficar tudo bem, moleque. Só me faz esse dinheiro valer a pena.

— Ficou caro?

— Puta merda! Bota caro nisso. Juntamos em nove e quase que não deu a grana. O Bento não entrou na vaquinha. Otário! Ficou com inveja de você. Disse que era desperdício gastar um dinheirão desses pra você gozar em três segundos.

— Otário.

— Mas posso falar: não discordo cem por cento dele, não. Vai ser difícil você se segurar. Com treze anos, a gente nem sabe mandar no pau direito.

— Deixa de ser otário você também. Já bati três punhetas hoje. Tô seco.

— Fala isso porque não viu a morena ainda.

— É brasileira mesmo?

— É. O Garcia disse que acabou de vir do Rio, tem três ou quatro dias que chegou. Nem fez programa direito aqui. Junta isso mais o mulherão que ela é: tá aí o porquê do preço absurdo. Uma grana dessas dava pra você e mais os nove de nós comer uma puta diferente cada um. Tá rolando até leilão pra morena; já ficou famosa.

— A gente entrou em leilão?

— Não, não. O pai conversou com o Garcia. É coisa deles; acho que cobrou um favor. O Garcia se sujou com aquela parada dos lituanos, lembra? Por pouco, o pai não perde a sociedade com eles. Mas o pai é safo demais. Segurou os lituanos na conversa e vai continuar fazendo negócio com eles.

— Posso perguntar uma coisa?

— Já perguntou.

— Besta! Por que é que você não pegou ela pra você?

— O pai mandou cuidar de você. Disse que passou da hora, que você anda molengão demais, tá até parecendo bicha.

— O pai é um idiota.

— Não posso dizer que discordo cem por cento dele, não.

— Palhaço.

— Deixa de viadagem. Melhor a gente descer, tá quase na hora. Ajeita tuas coisas aí e vamos; não esquece de botar o pacote de camisinha na gaveta de cima. Daqui a pouco ela vai encontrar a gente lá no bar. E vê se não vai gozar só de olhar pra ela, vê lá. A gente tem que evitar a atenção de quem quer que seja, principalmente do concierge, ainda mais se já tiver começado o turno daquele babaca do Gérard. Aquele tá doido pra pegar o pai em algum vacilo. Olho nele. O pai acha que ele é da Interpol. Mas vamos, que é o seguinte: ela chega, a gente bebe duas coisinhas, enrolo um pouquinho com vocês pra você não cagar tudo na entrada, e aí você sobe com ela, fechou? Se viu que gozou em três segundos, já pega e me manda mensagem, que eu subo e faço nossa grana valer a pena, fechou?

— Posso fazer uma pergunta?

— Já fez.

— E se quiser beijar? Paga mais também?

2. LOST LILIAN

Agostinho era homem de princípios. Era também homem de negócios. E era homem prudente: tinha o cuidado de não deixar o paradoxo desses três homens se manifestar em público. Acreditava, acima de tudo, no poder da conciliação.

Iria se conciliar com Lúcia em algum momento. Ainda não sabia quando, nem como; e justamente por isso é que machucava as costas de uma mão com as unhas mal aparadas da outra. Era cacoete de infância: Agostinho andava preocupado.

Lilian apontou para o primeiro sinal de terra após horas de monotonia atlântica. Sua nova casa, ele disse ao mesmo tempo que escondeu, entre as pernas, as feridas de sangue e a escoriação que tinha deixado marcadas na pele da mão. Lilian não reparou; grudava-se à janela. Era a segunda pessoa da família a viajar de avião, considerando todas as gerações. Com as unhas bem feitas, ela tamborilava o casco na voltinha áspera da janela do avião. O tanto de coisa que teria para contar: a filha da Dona Lúcia em Portugal, imagine. Ia trabalhar muito, vida de garçonete não é fácil, o tio alertara, mesmo que o restaurante seja da família, mesmo que o patrão seja ele mesmo, o próprio tio. Ia ser uma vida dura; mas uma coisa é vida dura em Catingó; outra é vida dura em Portugal.

Lilian deixou uma euforia escapar, um gritinho agudo; acendiam a ordem de apertar os cintos. Estavam chegando. De cima, sem piscar, ela via as cores de Lisboa: naquele momento, tudo era Lisboa, não importava se era verde, ocre ou vermelho; não importava nem mesmo se era ou não Lisboa.

Agostinho mexia no celular com uma só mão. Esperava para mandar mensagem ao Garcia: "Chegamos!". Apoiou o aparelho na coxa. Coçou o dorso da outra mão, irritada, escondida entre as calças. Sentiu a dor. Pensava como e quando diria a ele que Lilian não era mais virgem. O Garcia paga mais se é virgem. E Agostinho tinha dito que ela era, mesmo sabendo que mentia. Calculou, como homem de negócios, se mesmo com o desconto na grana ainda daria para iniciar a reforma do restaurante. Como homem prudente, já tinha mandado o Gaúcho fechar negócio com o proprietário da casinha no Limoeiro, não tinha como dar errado, tinha mandado o Gaúcho acertar seis meses de aluguel, mesmo faltando capital: Coxas do Brasil, especializado em galinha ao molho pardo para os clientes brasileiros, e em galinha de cabidela para os portugueses. Como homem de princípios, lastimava que Lilian já tivesse uma história sexual. Por outro lado, com o dedo prudente em cima do pequeno aviãozinho desenhado na tela do celular, pronto para despachar a mensagem ao Garcia, se sentia satisfeito ao conseguir ver o lado positivo da coisa: "Pelo menos, não fui eu." E rapidamente voltou a pensar em Lúcia: "Mentir pra irmã é uma coisa; agora, descabaçar a sobrinha…"

I. LITTLE LILIAN

Ficara famoso, da noite para o dia. Falavam dele, e só dele. Tinha sido rebatizado com muitos nomes. Desses tantos, nenhum mencionava Antônio, como se pudesse ser outro o seu nome. Onde quer que passasse, todos paravam o que estavam fazendo e se viravam em sua direção, risinhos, risonhos. Se pudesse, se escondia; estava incomodado. Só no meio do corredor que levava até o pátio, quando cruzou com o sujeito que trazia uma cruz tatuada embaixo do olho, é que deixou de ser incômodo; aí passou a ser medo.

O sujeito, quando piscava, e fazia questão de piscar devagar, como se tudo nele fosse uma ameaça, mostrava que a cruz se enfiava para dentro de uma caveira; à distância, pelo menos, parecia uma caveira. Um diabo corajoso o bastante para tatuar na pálpebra uma caveira, ou qualquer outra coisa, mete medo até em Sansão.

Antônio já não tinha os cabelos quando chegou onde estava o caveira crucificada. No corredor, só andava um homem e meio por vez. Ele teria de se espremer, e ainda assim não passaria. O caveira, os olhos abertos, às vezes fechados, balançava o corpo magro de um lado para o outro do corredor, batia os próprios braços e ombros nas paredes chapiscadas, com violência. Parecia irritado, maníaco. Fechou então a passagem, parou e encheu a mão com as ferramentas da violação, controladas dentro do shorts verde, curto, rasgado. Não tinha mais nenhuma tatuagem visível; era um corpo consagrado ao inesperado, ao pavor.

O caveira estalou a língua, o sotaque de alguma cidade do outro lado do Estige: "Tôi ritado. Era padexa uscabelu quétu, praminhusá de crina".

Antônio esperava gargalhadas. Não vieram. Também não percebeu os xingamentos que, ele achava, iam queimar o rastilho de ameaça que o caveira sussurrou ali, muito perto de sua cabeça recém-raspada, na aura de seu ouvido, quase lá dentro. Antônio congelou, tinha medo de que qualquer coisa que fizesse ou dissesse acenderia uma sessão de violência que só pararia quando seu coração também parasse.

Na mesma posição, perpetuava uns olhos mortos; mirava o escudo do time de futebol, desbotado, desfiado, no calção de um outro detento que sacolejava uma perna impaciente, atrás do caveira. Tinha visto muito jogo, antes de as meninas nascerem, nove anos atrás, quando ia ao estádio, antes de se convencer que havia coisa mais interessante que futebol. Desejou que a camaradagem de torcedor fosse o mais inquebrável dos pactos, maior até que a do xadrez. Deus não era tão bom. Se emocionou com cada fio solto naquele escudo cinza, branco e rosa — sabia que já tinha sido preto, branco e vermelho. Antônio percebeu finalmente: estava só.

O caveira encostou na parede, liberou o corredor. Estendeu uma mão, esquelética, indicando o caminho a Antônio. Vieram, aí sim, umas poucas risadas, dos homens que se perfilavam até o fim do corredor. Antônio só foi despregar os olhos do chão quando chegou ao pátio, um sol de mata-verme. Não tinha um só homem que lhe deixasse chegar na sombra. Ninguém empurrou, não precisavam. Antônio sabia: continuava só. Sentou-se no meio do pátio. Minutos depois, torrando de ultravioleta e se esforçando para não entender nenhuma palavra que vinha dos cochichos ao redor, percebeu que vinha até ele, brotado do meio de uma das sombras, um sujeito de camisa, o único de camisa no pátio inteiro, camisa ressudada, esse sim com um risinho franco. Esticou um prato cinza, a ágata sem esmalte: era o primeiro almoço de Antônio na detenção: impossível distinguir o que era de comer: seria até melhor se algo dali, daquele prato raso, se mexesse.

"Úrtima rrefeção", o caveira sentou ao lado, com o cuidado de não tocar em Antônio, a palma da mão ainda transbordando das ferramentas guardadas no shorts.

Antônio percebeu que estava só uma última vez. Disse, apenas para si, com um tipo de saudade que nunca foi paternal, o nome de Lilian. Tentava entender qual tinha sido seu erro. E, enquanto as sombras esperavam que comesse sua primeira porção de comida sem talher, pensava em como todos ali ficaram sabendo.

DE MOLHO, POR OITO HORAS

Hoje Faksola vai escolher o feijão. Ô se vai. Da última
vez que o fez, a Polônia ainda era uma república popular.
Faksola lembra como se fosse hoje; lembra, e não se esquece
de agradecer ao pequeno televisor de tubo, acomodado na
prateleira mais baixa da cozinha. Companheiro de mais de
quarenta anos, foi ele quem lhe trouxe as últimas notícias da
Polônia, quando ela ainda era popular, junto com as últimas
novidades nas gôndolas do mercado: a senhora, dona de casa,
olha só que beleza!, vai ganhar tempo para ver sua novelinha,
para curtir a vida com os filhos e os netos, com o maridão:
graças à tecnologia e a novos processos de colheita, o Feijão
Kara é o único feijão do mercado que não precisa escolher;
chega de gastar sua vista — e sua vida, dona de casa —,
procurando pedrinha e caruncho. Na época, Faksola já tinha
agradecido por não precisar mais catar feijão a feijão; a cada
ano, os óculos vinham ficando mais grossos, assim como os
dedos. Agradecia sempre, mesmo que ultimamente o televisor
falasse mais de gente famosa, nenhuma polonesa, que ela só
conhecia por causa do televisor, e de futebol. Estava ainda
agradecendo, quando se sentiu cobrada pelos olhares de seu

pai e sua mãe: juntos, se emboloravam há mais de quarenta anos no retrato, preto e branco como o televisor, pregado acima das demais prateleiras da cozinha. Não foi rude, mas entendeu que não precisava se desculpar por ficarem sem saber o que se fazia da Polônia nos últimos anos. Saber da Polônia, escutar sobre a Polônia, discutir sobre a Polônia, eram hábitos mais do pai, na verdade, que os cultivou até seus últimos dias. A mãe de Faksola, por sua vez, e pelos olhos que se deixavam incomodar na fotografia suspensa, parecia interessada mais na culinária polonesa: estranhava os grãos que a filha havia derramado pela fórmica azul da mesa, o que significa isso, Faksola?, esse monte de semente aí é pra dar de comer pra algum bicho? A mãe bronqueava em polonês, mas Faksola entendia em português. Nunca abominou o idioma de seus ancestrais; só não era o seu idioma, ela, nascida, criada e envelhecida no Brasil. Brasileira de verdade, estava pronta para desobedecer à mãe e à Polônia. Mas, antes de esticar e contrair as mãos para o esse-sim-esse-não do feijão, um último ato: se aconselhou com o relógio que sempre regrou sua vida, acima da pia e do fogão, na parede oposta à do retrato dos pais. Ele a tranquilizou, como há muito tempo não fazia nesses últimos quarenta e um anos: faltavam dez horas até que Ryz chegasse. Faksola aliviou-se: tempo ela tinha de sobra, como há muito tempo não tinha. Dava tempo para que pudesse admirar cada grão do Feijão Kara sobre a mesa, preparando-se para catá-los pela primeira vez em muitos anos. Dava tempo de tamborilar os dedos, calculando os estragos do tempo e o tempo dos estragos. E de arranhar o tampo da mesa, quando sua cabeça, sem perceber, misturou amor com o tempo. Ela sabia que Ryz estaria diferente, faz vinte e quatro anos desde seu último encontro, mas aceitaria tudo: careca, barrigudo, banguela, cardíaco, diabético; desde que fosse ele. Usava bigode ainda? Tomara, embora os pelos já devessem estar bem mais encanecidos, de um branco que o bigode de seu pai nunca conhecera. A última carta que Ryz mandou, a primeira desde que morreu Kapusta, em português claro e caligrafia encrespada, veio sem foto. Faksola guardava a carta, dentro do envelope, em cima da geladeira. Usou a pequena galinha d'angola de cerâmica frágil, para que não voasse dali. E caprichou: deixou o lado do remetente voltado para cima quando, trepada no último tamborete inteiro da casa, posicionou o bibelô de modo que não escondesse nem o nome nem o endereço; sim, é uma carta do Ryz, *mamusia*; isso mesmo, *tatuś*, ele está morando aqui em São Paulo, pertinho. O pai e a mãe deixavam-se aborrecer: de onde estavam pendurados, viam nitidamente o topo da geladeira. Faksola até pensou em levá-los para o quarto, trancá-los no guarda-roupa, na mesma caixa em que estavam apodrecendo as fotos de Kapusta, e ficar sozinha para receber Ryz. Mas como, se sempre estiveram aqui ao lado dela, acima dela, e nunca nem piscaram um olho para nada do que viam? Se estavam tão orgulhosos da última escolha que fizeram para a vida de Faksola, Kapusta é bom rapaz, trabalhador, honesto, tem caráter, é polonês. Ora, mas Ryz também é polonês. Seríamos pais irresponsáveis se deixássemos você se envolver com um sujeito desses. Mas Ryz é polonês. Kapusta é mais polonês, um polonês de verdade. Ryz é polonês também, e de verdade também. Sim, mas não é como nós. Nós? Nós vamos é ficar todos aqui para recebê-lo, com ou sem bigode, polonês ou polinésio. Se suportaram vê-la ali, casada por quarenta e um anos com o Kapusta de que tanto fizeram questão, custaria-lhes muito pouco presenciar um só jantar ao lado do Ryz que descartaram. Descartaram, não; proibiram. E para esse jantar, com seu primeiro, único e, tomara, último amor, vamos de feijão, arroz, picadinho de carne e batata. Aliás, para os próximos jantares — que este não seja o último, tomara — pode até ser que Faksola prepare pierogis e um gordo goulash com panquecas; mas só se Ryz, o polonês de mentira, pedir. E, se acontecer, ela inventará uma receita diferente da que a mãe lhe ensinou, com mais manjerona, menos pimenta. Diferente do tempero que o pai exigia da mãe e que o escolhido Kapusta aprendeu a exigir de Faksola: "*To niewiarygodne*, Faksola, nunca acerta *przyprawa* dessa comida, *bezużyteczną kobietą*". Nos últimos anos, até a última hora, antes de morrer na última terça-feira, Kapusta reclamava de tudo, fosse do goulash feito por Faksola, fosse do feijão, que a cada dia ele dizia vir para a mesa com mais pedras, lascas de madeira e outros objetos que nem mesmo um rato os comeria. Ulceroso, o marido pereceu com uma última obturação intacta, e deixando incompleta sua última frase, dirigida a Faksola: "*Głupią kobietą,...*" Faksola não vai chorar, decidiu, não quer. Recupera a atenção que estava encarcerada pelo azul da mesa, cheio de ranhuras e cicatrizes de facas, um azul embaciado: já escolhera a toalha com que irá cobri-lo à noite. Corre o olhar pela cozinha até parar no escorredor de louças. Orgulha-se do novo jogo de panelas, deixadas ali para secar. De ferro esmaltado, tingidas de um laranja régio em todos os sentidos, foram a primeira coisa que comprou assim que deixou o cemitério, três dias atrás. O feijão-arroz-picadinho será o primeiro prato a inaugurar a longa vida das panelas, tão boas que a comida adquire até outro sabor — tinha sido o último conselho dado pelo televisor. Faksola volta a se consultar com o relógio: menos de nove horas agora; é tempo mais do que suficiente para demolhar o feijão, preparar o cardápio sem pressa, depilar o buço, torcer para que Ryz apareça de bigode intacto, passar o vestido florido de rayon — a última coisa que comprara assim que recebeu a carta de Ryz —, experimentar os óculos novos e seus atrevimentos de vermelho — vermelho-carmim-chiclete, assim a convencera a vendedora da ótica na tarde de ontem —, ajeitar os cabelos, receber a manicure, decidir se vai mesmo adotar um gato, imaginar como é Foz do Iguaçu a dois, ou Veneza a dois ou qualquer outro lugar que não seja a cozinha, a dois, esconder o avental e dar a última varrida na casa.

Faksola abre e fecha as mãos, ativa a circulação. Esconde do pai e da mãe, isolados lá no alto, uma pequena alegria, a primeira dos últimos anos. Mira cada leguminosa esparramada na fórmica azul-acidentada e: rajado vai, rajado vai, enrugado sai, rajado vai, pedrinha sai, lascado sai, enrugado sai, rajado vai, rajado vai...

RESPEITÁVEL PÚBICO

Não sou engraçado, não mais. No meu ramo, isso é proibitivo, quase tão grave quanto um advogado sem relógio. Sempre quis que um dia me perguntassem, na lata: você se acha engraçado?, para que eu pudesse dizer que não, proclamaria assim minha libertação, meu grito do Ipiranga, meu Quatro de Julho, meu Sete de Alguma Coisa. E não é que já me perguntaram? Eu respondi o quê? Disse que sim, óbvio, que pergunta! Sinceridade nunca foi a água que cozinhou o feijão lá em casa.

Hoje é sexta, certo? E a essa hora da noite? Nem pensar que vou me meter na rodovia. Melhor evitar, porque tem blitz na certa.

"O que existe entre a Floresta Amazônica e a fábrica de leite? O umbigo."

O Médici vai chiar. Ele me acha engraçado, acredita em mim mais do que qualquer outra pessoa (mais do que o Teixeira, com certeza), mas vai reclamar. Vai dizer que vacilei com gente amiga dele. Mas o cara suspendeu meu cachê,

Médici, já era uma merreca para um astro como eu, e nem a merreca quis me pagar. Por causa de uma piada, uma só, Médici, vê se pode. Era só ter falado que não tava gostando, que a criançada não entendia nada; eu mudava o repertório. Simples como isso. Tô até vendo: o Médici vai dizer que foi um erro insistir com o cara, o melhor era ter deixado ele contratar o tal palhaço, aniversário de criança afinal, mas disse que o cara se lembrava de mim, da época do Stromboli, que se lembrava até do meu nome. Só o cachê é que não se lembrava muito da minha história. Enfim.

Clarão vermelho desses... giroflex. Tá longe, mas nem tanto. Vermelho é polícia, não é? Se bem que, a essa hora, tudo que brilha é vermelho. Ou polícia é vermelho e azul?, não lembro. Tá longe, mas nem tanto; dá para desviar, dá tempo. Dá nada, tá vindo muito rápido, essa sirene esgoelada, esse farol e essa luzona vermelha me cegando pelo retrovisor. Vão me pegar. Será que eles têm a minha placa?

O infanticídio tende a ser pouco estudado enquanto recurso para garantir a sobrevivência dos mais fortes em uma determinada espécie. Entretanto, há registros de que ele acontece entre roedores e primatas, peixes, insetos e anfíbios.

Me ultrapassam. É ambulância, só uma ambulância. Minha fralda tá sequinha, uh.

Sempre quis saber como é que se treina um motorista de ambulância, como é que conseguem atravessar esse monte de ruazinha estreita. Por aqui nunca andei. Se fosse polícia, ia fugir só na intuição, acabaria me metendo na favela, isso sim. Melhor sair daqui, um lugar desses. Aqui deve dar muita polícia, ambulância. Terra de ninguém. Primeira entrada eu pego. Seja qual for, para onde for. Mas não tem uma placa neste lugar. O GPS tá fazendo falta. Celular tinha de zerar? E eu, sem carregador. Vou me meter nessa estradinha de terra aqui, terra de ninguém.

Se tivesse bateria, ligava agora mesmo para o Médici, antes que o pai do moleque ligue para reclamar, só falta ser advogado também. Mas o Médici vai me ouvir. Se fosse o Teixeira, não. Nunca entendi como ficaram sócios. O Médici nunca precisou dele, era grande sozinho, crescemos juntos, nós dois. Mas esse cara vai ajudar a gente, escreve aí o que eu tô dizendo, o Médici tentava se justificar, ele entende tudo de público, trabalhou com os grandes, todos os grandes, sabe tudo de plateia, vem pra somar. E veio. Para subtrair. Primeira vez que vi, grande Texêêêra, não fui com a cara. A primeira impressão e a última: recíprocas, para dizer o mínimo.

"Um advogado e um engenheiro estão pescando no Caribe. O advogado comenta:

— Estou aqui porque minha casa foi destruída num incêndio com tudo que estava dentro. O seguro pagou tudo.

— Que coincidência! — diz o engenheiro. — Minha casa também foi destruída num terremoto e perdi tudo. E o seguro pagou tudo.

O advogado olha intrigado para o engenheiro e pergunta:

— Como você faz para provocar um terremoto?"

— Não pode mais piada de gordo? Como assim, Texêêêra? Já não podia piada de preto, de pobre, de bicha, sapatão, judeu… Vai me dizer daqui a pouco que não pode também piada de português, de vizinha…

O sorriso do Teixeira era de uma cor que eu desconhecia na época. Dos amarelos eu já era íntimo, tinha anos que me sorria com o fígado. Os brancos eu sei que existiram, em algum tempo remoto, mas minha memória está igual a amor de puta: a gente acha que é lenda até que se encontra rezando por ele, ajoelhado.

Com o sorriso, veio o pedido, ele achando que me dava uma ordem: para de me chamar de Texêêêra, isso aí é coisa de porta de banheiro, um analfabeto escreveu isso lá no segundo andar, me xingando ainda por cima, e toda vez você me chama assim, insiste em cada coisa sem graça, procura piada em cada lugar, que vou te contar, já foi melhor que isso. Já fui, não! Eu sou, meu camarada. O humorista mais original deste país, fiz presidente molhar as calças e embaixador confundir guardanapo com gravata; nem imagina o que ele também confundiu depois do licor, com um charuto em cada mão, só um deles feito para fumar.

Estudos mostraram que há três coisas que nos fazem rir mais: um senso de superioridade sobre alguém agindo de maneira "mais burra" que nós; a diferença entre nossas expectativas de algo e o resultado verdadeiro; ou o bem-vindo alívio da ansiedade. O humor, na maioria das vezes, consiste na quebra do esperado. As piadas são engraçadas porque nelas acontece o que ninguém espera que ocorra e rimos de coisas do dia a dia quanto mais inesperadas forem.

Não havia presidentes nem embaixadores na plateia. O menino novo que o Médici e o Teixeira começaram a agenciar era novo mesmo, talvez mais jovem do que eu quando comecei. E olha que eu comecei sem saber o que era meia-nove. Falava rápido, não parava quieto no palco, um sabiá no cio, saracoteava pra lá e pra cá feito candiru quando vê bunda de alemão nudista no riacho: "Olha lá a casinha branca sem cerca". Teixeira havia dito que é assim que se faz comédia hoje, só botar standup comedy na fachada e é garantia de casa cheia. Cá entre nós? É só outro show de piadas como se faz show de piadas desde que a primeira bicha sentiu a primeira brisa. Ou vice-versa. Só muda o nome e o encera-chão que o sujeito fica fazendo ali no palco. O Médici só fazia balançar a cabeça.

O menino novo não tinha timing de piada, era uma atrás da outra, três frases, às vezes duas, sem parar. Ignorava o valor da dicção, da preparação do contexto, do inesperado, da pausa, meu Deus, a pausa. Dou o braço a torcer: parecia que tinha uma boa noção de callback, e olhe lá. Mas chegou uma hora que exagerou, ficava voltando sem parar na mesma piada, estragava o recurso, sagrado.

Mas as pessoas riam, incrível. Riam mais do que respiravam. O casal ao meu lado, a mulher de vermelho das coxas até a boca, e os cabelos que custaram a vida de vinte e dois engenheiros químicos e o futuro pulmonar de um cabeleireiro, estava vivendo um transe, ruidosa. Eu conseguiria fazer uma endoscopia a olho nu de tanto que ela crocodilava aquela boca vermelha.

No final, o público entregou gargalhadas, mais aplausos e ainda mais assobios, tudo bem exagerado — mas nada nem perto das sete temporadas seguidas no Salão Império, não, senhor. Hoje, humorista nenhum enche um teatro daqueles, nem se tiver Jesus confessando o porquê de ter saído do deserto com a mão mais cabeluda do que quando entrou. Naquela época, já era difícil. Para lotar aquilo, só eu e o Arysto.

Mal o show terminou, o Médici perguntou se eu queria ir até o camarim e cumprimentar o novo comediante, até o nome da terceira profissão mais antiga do mundo mudou:

ninguém mais quer ser humorista. Disse que não, precisava voltar para casa, a gastrite efervescendo mais que mulher em ponta de estoque. Me perguntou se eu via futuro no rapaz, se eu toparia fazer alguns shows ao lado dele, a velha guarda saudando a nova geração. Respondi que sessentão só é bom quando começa a assinar os testamentos. O Médici disse que me ligaria para combinar os detalhes.

Se soubessem como a comédia é feita, as pessoas ficariam enojadas.

Carro parado, mais essa. O farol apagado, assim, no meio da estrada? Dou ré? Vejo porra nenhuma, estrada escura do cacete. Quase me mijando na calça. Será que é blitz? Se fosse, deveria estar com as luzes acesas. Ou não? Querem me emboscar? Se sabem que sou eu e o que estou prestes a fazer, capaz de sumirem comigo, nem estatística eu viro. Vou jogar o carro no meio do mato mesmo, seja o que São Lourenço quiser.

"Um advogado casou com uma mulher que havia sido casada oito vezes. Na noite de núpcias, no quarto do hotel, a noiva disse:
— Por favor, meu bem, seja gentil. Ainda sou virgem!!!
Perplexo, sabendo que ela havia sido casada oito vezes, o noivo pediu para que ela se explicasse.
Ela respondeu:
— Meu primeiro marido era psicólogo. Ele só queria conversar sobre sexo;
— Meu segundo marido era ginecologista. Ele só queria examinar o local;
— Meu terceiro marido era colecionador de selos. Ele só queria lamber;
— Meu quarto marido era gerente de vendas. Ele dizia que sabia que tinha o produto, mas não sabia como utilizá-lo;

— *Meu quinto marido era engenheiro. Ele dizia que compreendia o procedimento básico, mas que precisava de três anos para pesquisar, implementar e criar um método de utilização;*

— *Meu sexto marido era funcionário público. Ele dizia que compreendia perfeitamente como era, mas que não tinha certeza se era da competência dele;*

— *Meu sétimo marido era técnico de informática. Ele dizia que se estava funcionando, era melhor ele não mexer;*

— *Meu oitavo marido era analista de suporte. Depois de dar uma olhada, ele disse que as peças estavam todas perfeitas, mas que não sabia por que o sistema não funcionava.*

— *Por isso, agora estou me casando com um advogado.*

— *Por que eu? — disse o advogado.*

— *Porque tenho certeza de que você vai me foder."*

— É muito simples: você não me faz mais rir.

De simples isso aí não tem nada, né, minha filha? Eu não reconhecia nela aquele rosto de segunda-feira. Aliás, deveria ser proibido pedir divórcio às segundas. Segunda é dia de sobras, ressaca, de luto, dia de honrar a morte de Robin Williams, que não aguentou o domingo. Ela não deu a mínima, nem pro Robin nem pra mim.

Perguntei se estava "vendo" alguém — Anne era dessas pessoas que evitavam os nomes que as coisas tinham, o dela inclusive. Perdeu a vergonha de me contar que se chamava Latrianne só depois de quatro meses, três garrafas de vinho e sessenta e duas variações da piada do tomate (já cheguei a conhecer quinhentas e doze delas).

Sim, estou. Está o quê? "Vendo" alguém. Aquele rosto não era dela, só se fosse o rosto da Latrianne. Eu conheço? Ainda não. Ainda não? É. Como assim ainda não? vão me chamar pra fazer um show no casamento de vocês? vocês topam voyeurismo? tênis em duplas? Ele é quem vai cuidar do nosso divórcio. Ele é quem vai o quê? Isso que você. Ele é o quê? Advogado? Não tem conflito de interesses aí, não? Conflito de interesses pior que esse só o da puta que me pariu sem ter sequer me consultado.

"O que os advogados usam como controle de natalidade? A personalidade deles."

Eu fiquei com as dívidas. Latrianne, com a casa e os trinta e seis anos de risadas e gargalhadas que eu rentabilizei. Meu advogado, indicado pelo Teixeira, ainda me fez agradecê-lo. Talvez eu devesse casar com um também.

Talvez não haja nada mais citado na comédia, mas tão mal compreendido quanto a ironia. Ela acontece quando existe um espaço entre nossas expectativas sobre uma afirmação, situação ou imagem e a experiência real dela.

• O comediante Jackie Mason ilustra a ironia com uma piada: "Meu avô sempre dizia: 'Não fique de olho no dinheiro, mas sim na saúde.' Então, um dia, enquanto eu ficava de olho na saúde, alguém roubou meu dinheiro. Foi meu avô".

• Essa piada mexe com uma de nossas expectativas fundamentais: os avôs são pessoas boas e amigáveis e que são praticamente inofensivas; além do mais, o conselho deles deve ser sincero. A piada é engraçada porque, nela, vemos um avô que é mentiroso, ladrão e traidor. Além do que seria de se esperar que o avô fosse

*seguir o próprio conselho, mas soa como se ele
estivesse usando-o a seu favor. Porém, se você
não viu graça na anedota, talvez seja porque
já fosse de se esperar a piada, afinal você está
lendo a respeito desse assunto!*

Quando o Médici me ligou, eu já estava pronto para me apresentar ao lado do menino novo, pronto para começar de novo. O Teixeira disse não, não quer mais, não vai dar certo. Ô, Médici, calma lá. Disse que não quer plagiador, que não quer levar processo nas costas, que seus últimos shows foram todos controlCê controlTê de piada de internet, ou qualquer coisa assim, que você é um dinossauro, que você perdeu a chance de se adaptar aos novos tempos, que você só sabe ser engraçado se for machista, racista, misógino, homofóbico e sei lá mais o quê. Então não é engraçado. O Teixeira.

*"Sabe qual é o cúmulo da precaução?
Bicha tomar pílula."*

O Médici é educado, gosta de mim, riu por educação. Não respondi, em nome da amizade, quando perguntou se essa também era da internet, depois de um sorrisinho que dava para ouvir amarelo pelo telefone. O Médici também? Eu disse que não toparia mesmo, que achava que não era para mim, que o menino novo parecia um sagui falante e que eu era de outra estirpe, era da aristocracia da comédia. Mas disse que estava na pior, decadente como todo aristocrata, precisava de alguma coisa, qualquer coisa. Festas de aniversário, de condomínio, debutante nem sei se fazem mais, posso ver umas coisas assim, o Médici me disse. Quem sabe até uns pocket shows: o mundo evita os nomes que as coisas têm.

Um carro de polícia passa ao lado do meu. Rua deserta, ou quase: sujeito passeando com cachorro, um branco, o outro amarelo, respectivamente. Só casas do tamanho da que eu perdi para Latrianne. O polícia ao volante olha nos meus olhos. Espero que esteja tudo bem no porta-malas.

O infanticídio é com frequência cometido por machos adultos.

Normalmente, a proteção que um filhote recebe do pai cumpre um papel importante em assegurar a sobrevivência do bebê. Mas quando novos machos entram em cena, tudo pode mudar.

Os machos recém-chegados tendem a derrubar os machos pais de suas posições no topo da hierarquia do grupo. Se eles conseguem ferir, expulsar ou até matar um macho que ocupava uma posição dominante no grupo, tomando o seu lugar, os filhotes do antigo líder passam a correr grande risco.

Isso acontece porque machos recém-chegados com frequência têm apenas um objetivo: ter seus próprios filhotes com a mãe.

Em sociedades de leões, por exemplo, matar filhotes faz com que suas mães voltem a ficar férteis mais rápido, aumentando a chance de que os novos machos se reproduzam.

E se não matam filhotes alheios, correm o risco de que os filhotes do antigo líder cresçam e deem o seu próprio golpe.

Ensaiei bastante a cara de cidadão de bem para esse cruzar de olhares com a polícia. Todo humorista é ator. Se um meganha me pedisse para parar e abrir o porta-malas, a cara de espanto já estava bem treinada também: muito espelho e experiência. Se bem que aqui, neste bairro, só tendo muita cara de bandido para pedirem que se abra. Se me parasse — se, eu disse —, seria por ter me reconhecido, para pedir autógrafo, tirar foto para exibir não sei onde, mandar seguir, pedir desculpas, conta aí uma daquelas bem cabeludas, a única cabeluda que eu conheço é a sua mãe, Júnior, desculpa qualquer coisa, sem problemas, Júnior, quer dizer, seu guarda.

O dessa viatura não me reconhece. Não vai precisar se desculpar.

Fico olhando pelo retrovisor por muito tempo, e muitos casarões depois. A viatura não voltou, foi atrás de bandido. O tempo que eu passo de olhos grudados no retrovisor teria dado para fazer dois filhos, um casal, nada de gêmeos, e ainda escolhido o que eles fariam da vida: Medicina, Engenharia, Boemia; Direito, nem pensar.

Filhos eu nunca quis. Eu e a Rebeca azedamos justamente por causa disso. Depois que casou com o engenheiro, na época em que comediante era humorista e divórcio saía mais barato, teve sete filhos, cumpriu sua missão de ratazana. Achei que tinha me livrado da roubada até o dia em que a Latrianne chegou com essa história de povoar o quintal. Eu queria uma segunda mulher só para ter com quem foder em casa, tava ficando velho. Perguntei quantos, esperando um número maior ou igual a sete. Latrianne disse um ou dois. Devolvi com minha resposta original: nenhum.

Foi então que veio com essa de congelar óvulos. Fiz uma piada com granja, reforcei minha decisão de zero herdeiros, apelei para Jesus. Ela permaneceu indiferente a tudo, aproveitou meu Jesus, virou o jogo: disse que Maria não precisou de José, pensa bem.

Paro o carro, olho pelo retrovisor. Nada de viatura, nem velho com cachorro; a rua agora realmente deserta.

Quando estive aqui a primeira vez, cansei de ouvir o tanto que a moça da clínica, talvez médica, enfermeira ou recepcionista, tagarelava sobre os dois maiores orgulhos do negócio: o de finalmente terem (ela sempre falava "nós" para tudo que era sobre a clínica) condições de estocar os óvulos lá dentro, sem terceirizar; e de ter um projeto para mães pobres-velhas-carentes que quisessem ter filhos na maturidade, sem precisar pagar. Contando todas as chocadeiras — as madames que não poderiam parir depois de fodidas e as fodidas que não poderiam ser madames por serem mal paridas —, já estavam chegando a mil ovos. A enfermeira-recepcionista dizia que era motivo para champanhe, tantas mulheres felizes, independentes. Latrianne concordava, hipnotizada. Sempre achou o máximo essa coisa social, igualdade, liberdade, o escambau. Tudo bobagem; existe um motivo para a natureza ter criado a menopausa. Cloaca de galinha velha põe mais esterco que ovo.

Latrianne torrou tanto o saco que vim aqui outras duas vezes, até que ela botasse os ovos, e a tropa do avental branco os congelasse, para o advogado agora fecundar. Maria nunca precisou de José.

Dou a volta na clínica toda, uma casa térrea, grande pra cacete. Me certifico: ninguém lá dentro. Sei que tem câmeras em todo lugar, porque barato é que esse negócio de ovo congelado não foi. Não me dou ao trabalho de procurar. Afinal, artista de verdade precisa de plateia.

Gasolina demora mais que querosene para queimar. Aprendi na internet. E espalha melhor. São oito galões, o que coube no porta-malas. Espalho não sei quantos litros, encharco paredes, gramado, janelas, porta, minhas roupas, minha cabeça.

Faço uma mesura, de um condenado para outros. A velha guarda saudando a nova geração. Nós nunca fomos tão engraçados.

"Uma galinha diz para a outra:
— Ontem à noite estive com febre!
Pergunta a outra:
— Como é que sabes?
Responde a primeira:
— Pus um ovo cozido."

CARNE MARCADA

— …mas por que é que eu não posso? Só um tequinho, Mãe…

Mãe engrossou a voz, último aviso: "Porque não!".

Abel sabia que da próxima vez era recado mudo, embor-rachado, ai. Mesmo que Mãe não tivesse as chinelas ali: em cozinha profissional, só se entra de sapato. Profissional, mas emborrachado.

Escureceu os olhos com a própria testa, como só um menino de seis anos sabe fazer. A raiva feita de pele, pele de testa. Mais um pouquinho de raiva, e nasceria naquela testa um chifre. Mirou o chão para evitar. Era um leão, não um rinoceronte.

Um tequinho… Acha que alguém ia perceber? Ia nada. Só virar o prato ao contrário, pra parede. Deu certo no aniversário do Jonas, o glacê metido nos dedos, quase a metade da cobertura. Ninguém percebeu. E olhe que lá nem tinha esse tanto de gente.

Mãe continuou mexendo o molho. O panelão fervente. Panela que não parecia panela, brilhante feito o piso, um chão que não parecia chão, da cozinha. Lugar esquisito, tão esquisito que Abel até duvidava que debaixo daquele brilho tinha a mesma terra que Abel conhecia, de pisar com e sem chinela. Deve ter ouro, diamante, dinossauro, cada tesouro. Pai disse que a gasolina vem lá de baixo também: um tesouro da terra. Disse também que queria achar petróleo no quintal de casa um dia. Vai ver era pra nunca mais ter de empurrar o carro quando, às vezes, o combustível não dava até em casa.

Mãe seguia, de braço no molho e de cara na conversa com outra cozinheira, Ester. Essa, Abel conhecia; era legal e tal, mas não acudiu a seu favor, desgraça! Em vez de convencer Mãe a dar para Abel um pouquinho do que ela cozinhava, ficou lá de papo, perguntando se Mãe já tinha provado o molho, dobrando-se de rir antes e depois de Mãe responder: jamais, só se quisesse passar a cozinhar para São Pedro. Abel não entendeu. Ficaram rindo, Mãe e Ester, no meio daquele monte de cozinheiras.

Eram muitas cozinheiras. E cozinheiros. Na casa de Abel, Mãe dava conta da comida toda. Se não estivesse tão zangado, acharia até graça de homem cozinhando. Pai só entrava na cozinha pra pegar água, trocar o gás e reclamar do sal, às vezes; do sabor da comida, nunca. Tinha nem como. Comida de Mãe era perfeita. Pensa numa coisa perfeita. Não, mais perfeita que Rei Leão com suco de abacaxi e mandiopã. Pai é que gostava de sal demais. Sal demais mata; Mãe acabava assim com as conversas.

Por isso, Mãe cozinhava para gente rica. Gente fina. Trabalhava há muito tempo no restaurante vermelho e amarelo, tão bonito (Abel sempre quis um quarto com paredes vermelhas e amarelas), mas o nome, o nome do lugar ele não sabia pronunciar. Abel era inteligente, mas tinha uns nomes de umas coisas que, ai. O nome do patrão de Mãe, por exemplo: deixavam que ele o chamasse de Missê Tosbéu, mesmo sabendo que estava errado. Gargalhavam quando o ouviam: "Missê Tosbéu, Missê

Tosbéu, Missê Tosbéu". O Palma, o cara grandão que trabalhava com Mãe, e sempre trazia para Abel uns pirulitos de açúcar queimado que ele mesmo fazia, era quem ria mais alto. Era só Abel soltar: "Missê Tosbéu", e o Palma fazia da casa inteira sua garganta. Aquela risada ficava fazendo eco atrás de eco, até que Mãe ou Pai, ou Mãe e Pai juntos, pedissem para parar, já tá bom, Abel, antes de mandá-lo para o quarto. Nem bem os adultos chegavam em sua casa, Abel adivinhava: era hora de criança ir para a cama. Toda vez. O Palma vinha sempre, Ester também, vinha até Missê Tosbéu muito de vez em quando, e mais uns outros, com uns nomes que ele sempre esquecia assim que chegava ao quarto. Na cama, Abel tentava ouvir a conversa — a sala, separada do quarto por um corredor onde se montavam as maiores rabiolas de pipa da Vila, escondia a maior parte da lenga-lenga dos adultos. Restava a Abel, nessas noites, treinar a risada do Palma. Sob o lençol, para que nem Mãe nem Pai o ouvissem, porque Mãe e Pai têm ouvido supersônico para perceber filho desobediente. Queria ter uma risada igual, soar aquele mesmo som, ou até mais cavernoso, quando crescesse. Tinha tempo de sobra para ensaiar.

Até pensou em treinar a gargalhada ali, no meio daquela gente cozinheira toda, para disfarçar o ódio que sentia pela derrota sofrida na Batalha do Tequinho. E para encobrir o tanto que se esforçava para não envergonhar ninguém, dar escândalo. Segurava o choro.

De cabeça baixa, escondendo a vergonha, descobriu poucos passos adiante, no piso que não parecia piso, uns desenhos, diferentes. Cada desenhinho feinho, coitados; um rabiscado preto que se mesclava, manchando o branco. Não percebeu a raiva passando, ia passando, passando, passando e passou, quando começou a brincar com o piso, pulando, pisando só as partes pretas, fugindo dos desenhinhos brancos, para não deixar os pés se escaldarem em rios de lava pré-histórica nem deixá-los torrar em fios desencapados de dois quatriliões de volts. Se pisasse um só tequinho do branco (tinha menos branco que preto, e eis o grande perigo), era morte certa!

Avançou, alerta. Não bastasse a combinação do magma à eletricidade, havia ainda o perigo dos titãs e dos monstros gigantes. Cruzavam seu caminho, não pediam licença, urravam, não temiam a morte, o derretimento ou a eletrocussão. Esparramavam-se em tudo, preto e branco, branco e preto.

E, ao escapar das bolhas de lava, Abel trombou nas pernas de um desses titãs. Esticou o pescoço. Achou um cozinheiro homem, barba e tudo. Existe touca para barba? Não cai na comida? Mãe, profissional, não andava sem touca. Lógico que não na barba, né?

O homem o afastou com uma das mãos. Disse três ou quatro frases terminadas por moleque, como se moleque fosse o ponto final para tudo o que os adultos diziam a Abel.

Finalmente, Abel tinha achado seu arqui-inimigo. O gigantesco Cavaleiro Tempero-sem-Barbeiro. Com seu lendário olhar diabólico, já derretera vilarejos inteiros, fizera crianças se perderem para sempre de suas mães, causara pânico por onde sua barba sem touca passou. E seu olhar mirava então Abel, preparava seu fim, arquitetava outro de seus planos desprezíveis, ao desviar a cabeça para a despensa, onde certamente ficava seu arsenal. E mirava Abel de novo: "Chispa logo daqui, moleque". Abel continuou parado: já tinha sido pego pelo aroma.

Aquele cheiro, aquele cheiro... O Cavaleiro ainda o mirou uma última vez antes de sair, em direção à despensa. Murmurou alguma palavra feia, o bandido. Aquele cheiro, aquele cheiro... Abel não conseguia resistir, lembrou que as sereias, sempre tão lindas, também são perigosas, e que aquele cheiro poderia muito bem ser um canto de sereia planejado pelo seu rival. Mesmo assim, manteve-se ali, enquanto o vilão afastava-se mais e mais até finalmente entrar em seu depósito de traições e covardias. Aquele cheiro...

Abel aproximou-se do fogão. Chegou mais perto, a boca do fogão à altura de seu nariz. Olhou para a despensa, só para conferir. Não tinha medo de fogo, nem do Cavaleiro. Medo mesmo tinha de Mãe. Espiou de um lado, de outro, como Mãe lhe ensinou, antecipando o perigo. Aquele cheiro... Chocolate. Açúcar. Açúcar queimado. Coco. Um cheiro que o nariz de Abel ainda não sabia separar: era tudo doce. Esticou o corpinho dois tantinhos mais. Bolhas, caramelo...

— Porra moleque sai daí moleque cacete de moleque do cacete...

Abel nem olhou para trás. Sabia reconhecer o perigo. Correu rapidinho pelo piso, meio agachado, meio de pé, todo certeiro na debandada, a fuga de um coelho. Sapateou na lava e na alta tensão. Tomara que Mãe não tenha ouvido.

Correu, dobrou uma esquina feita de fogões. Um forno aberto, achou. É nesse mesmo. Desligado. Deus protege os inocentes, Mãe dizia. Pulou para dentro, fechou a porta do forno. Encolheu-se. Um coelho. Agradeceu, não sabia a quem.

Viu, através da porta de vidro do forno, o par de calças brancas, branco cor de profissional, branco impecável, dizia Mãe, as calças procurando por ele. Torceu para Mãe estar longe.

Até rezou.

Esperou.

Esperou mais um pouco.

E rezou.

Até que não ouviu mais nenhum sinal de caçada.

Saiu, nem de mansinho nem desesperado. Só preocupado: será que Mãe ouviu?

Deu a volta, se escondeu atrás de uns três cozinheiros, converseiros; conversavam, em vez de cozinhar.

Mãe.

Correu até onde Mãe cozinhava. Não estava lá, ai, Deus, pai Nosso, que extrai do céu, santipecado seja Nosso nome... Rezava para que Mãe não tivesse saído dali para procurá-lo, o Abel que não conseguia ficar quietinho, estátua, num lugar só. Moleque. Que ela trouxe junto porque Pai também estava lá, trabalhando também, os dois. Os três. Moleque. Abel, filho único, sem Vô e Vó por perto, Vô e Vó só a mais de 3.756 quilômetros. Não fica sozinho ainda não ...venha as nozes, noz do reino, seja feita a Nossa vontade...

Mãe, nada. Procurou no fogão, na frente, atrás, dos lados. Será que entrou no panelão? Grande, dava para cozinhar dois de Abel. Pensou em perguntar a Ester. Mas não tinha nem Mãe nem Ester. Chinelada vai ser pouco. ...assim na terra como no Céu, o pão Nosso, Mãe...

Viu então o filé. Carne regada de molho, muito braço de Mãe naquele caldinho, viscoso mas gostoso. Filezinho deitadinho do lado de uns legumes, cenoura, cenoura e. Mais uma cenoura. Cenoura é para coelho.

Abel olhava para o prato com os dedos. Mais pratos iguais, muitos. Abel sabia contar até cem, às vezes enroscava ao mudar do setenta e nove para o oitenta. Mas ali tinha mais de cem, ah, com certeza, um atrás do outro. Todos iguaizinhos: filé, molho, cenouras. Era o banquete, sim, o banquete pela vitória contra o sinistro Tempero-sem-Barbeiro. Obrigado, caros súditos; podiam só ter perguntado antes sobre as cenouras.

As mãozinhas em guindaste trouxeram um dos pratos para debaixo da mesa. Acha que alguém ia perceber? Ia nada. Mastigando rápido, engolindo mais rápido ainda, não foi assim que Mãe ensinou, mas foi, foi tudo. Abel comemorou o banquete, arrotou. Terminou o bife e até, olha só, Mãe!, até as cenoiras. Aqui, ó que orgulho: prato raspado. Até os legumes!

Mais calças brancas apareceram: retiravam, de cima da mesa debaixo da qual Abel se escondia, os demais pratos, todos iguaizinhos.

Abel esperou.

E então deixou o esconderijo, imitando a hiena, cautelosa, sorrateira, vigilante, depois de se empanturrar; depois correu, um leão, vitorioso, soberano, solitário.

Pensou em Mãe de novo quando percebeu a falta de barulho no enorme lugar; antes eram mais de cem cozinheiros, agora só um ou dois. Varreu com os olhos aquela cozinha improvisada sob a tenda, imensa. Pensou se ainda tinha o direito de sentir fome de Mãe.

Esgueirou-se para fora da tenda. Engatinhou pelas porções pretas do piso, só as pretas; as brancas eram a misteriosa selva verdejante, inexplorada, infestada de cobras peçonhentas, as piores e as maiores do mundo, as mais mortíferas, escondidas em cada pedacinho branco do chão lustroso. Morte certa!

Escapou. Abel sempre escapava. Deu num gramado sem capim nem tiririca nem mosquito. Sem Mãe. Ainda de gatinhas, ouviu o esperneio; soava como passarinho, mas era cachorro. Desses que não assustam nem grilo. Dava um latido, eram dois passos para trás. Outro latido, mais dois passos. Cachorro, sei… cachorro de verdade era o Simba, caramelinho, pra quem a vida era terra, farra e sujeira. Chegara, sujo, alegre, barrento, quando Pai o tinha trazido, da rua. Mesmo sob as maldições de Mãe. Mãe estava sempre certa: sobraria para ela cuidar do vira-lata, alimentar, dar banho, juntar a bosta, ai desculpa, o cocô do bicho. Abel sabia que bosta era daquelas palavras que ele não podia falar. Só Mãe podia, desde que a bosta viesse combinada ao nome de Simba, e imediatamente antes ou depois de juntar a bosta de Simba do quintal. Mãe estava sempre certa. Cachorro, isso aí? Parecia um algodão doce, branquinho, ridículo.

— Atlas, deixa de ser revoltadinho!

Se era princesa ou menina, Abel não sabia dizer. A especialidade de Abel eram os reinos da savana, em que princesas eram julgadas por sua bravura, não pelos vestidos. Sabia, porém, que em outros reinos só princesas poderiam usar vestidos como aquele, montados sobre uma saia de nuvens e estrelas. E que só as princesas têm aquele cabelo forjado com ouro de colônia.

Abel se levantou, nunca um rei se apresentaria de gatinhas. Só tirou os olhos da princesa, pouquinha coisa maior que ele, nem dava para reparar, quando foi xeretar os próprios joelhos. Sentiu um embaraço. ...Ave Maria cheia de graça... Medo de Mãe. Desobedeceu Mãe: mantenha a compostura de moço para combinar com as roupas de moço. ...o senhor é o colostro... Mãe não estava por perto, então o medo deu lugar, rapidinho, à vergonha. Como ousava aparecer assim diante da princesa, a calça toda imunda, aqueles dois círculos encardidos em torno dos joelhos?

Antes que pudesse lembrar que era rei, e que seu mandato vinha da justiça e não das calças de adulto, a princesa: vamos brincar? esconde-esconde? isso! você gosta, né? diz que sim! ah, legal! você bate cara!

Na falta de palavras — a princesa parecia uma metralhadora de tanta ordem que dava —, Abel respondeu com uns olhinhos de ué!, umas mãozinhas de ué!, uns ombrinhos de ué! Não tinha onde bater cara ali, não; não tinha árvore nem muro.

A princesa também percebeu. Chamou Abel, os dois dedinhos de vem-comigo. Atlas não parava de piar, algodão--doce enxerido. Deram a volta na lona branca da tenda, e foi aí que Abel quase sujou os fundinhos, um dos poucos pedaços ainda limpos das calças. Quase caiu sentado no chão de terra e grama quando descobriu mesas e mais mesas, gentes e mais gentes, risos e mais risos. Nem se soubesse contar até seiscentos, daria cabo de saber o tanto de pessoas que se espalhavam ali, como cipó, do jardim até a casa. Casa não, castelo! Era enorme. Surpreendeu-se, constrangido, mesmo sendo rei. Um rei selvagem, percebia. Se tivesse assistido a mais filmes de princesas...

Abel perderia o rastro da princesa não fossem os latidos de Atlas; se João e Maria tivessem um bicho daqueles, nunca que precisariam de migalha de pão! Passaram em frente a uma turma de crianças, todas vestidas de adultos, príncipes e princesas. Enxameadas em mesas e umas cadeiras altas demais para as menores e baixas demais para os maiores. Os maiores, todos de pé, zuniam para a princesa: ih, ó lá, a menina-planta, a garota-alface, ai me deixa que eu sou vegana blablablá, a menina-planta achou um abacate pra brincar no mato, rá, esse abacate aí tá passado, Vegarella, hahahaha, Vegarella, Vegarella, tá namorando, tá namorando...

Abel ainda decidia se ria ou não da algazarra, quando a princesa, aqui, aqui, aqui, apontou para uma árvore velha dentro do pequeno bosque, trocentos passos — passos de criança — longe das outras crianças. Mesmo ali, ainda ouviam as risadas. A princesa pediu para Abel contar até dez; não, cinquenta melhor. Ela falava baixinho e Abel sabia que o chorinho que ele ouvia não vinha do Atlas.

Ia começar a contar. Lembrou que não tinha como brincarem; ele não sabia o nome da nova amiga. Perguntou se ela se chamava Vegarella.

— Você é idiota, menino?!

Abel não entendeu. Achava que era o nome dela. Foi assim que…

— Ai, menino! Que mundo você vive?

Abel não queria responder.

— Eles tavam tirando sarro de mim! E de você também. Ou você acha que abacate é elogio?

Abel detestava abacate. Só comia em dias que não assistia a *O Rei Leão*. Era o jeito que conhecia para mostrar que as duas coisas não combinavam. Mãe não queria nem saber; obrigava-o a comer mesmo assim.

— Eu odeio carne, não como carne, acho nojento. Igual à minha mãe. Ela me ensinou a não comer bicho, é um animal, é uma vida, é como se eu comesse o Atlas, entendeu?

Abel queria dizer que ela não sabia o que estava perdendo: bife, carne moída. Ah, estrogonofe. O estrogonofe de Mãe.

— Bate cara, vai! Até cinquenta, não vale roubar!

Um, dois, três começou a contar devagarinho quatro, cinco roubar, ele? seis, sete, oito roubar o quê? menina mais besta nove, dez, onze, doze, treze ai até cinquenta é muita coisa catorze, quinze, dezesseis peraí! Mas qual é o nome dela?

No lugar do dezessete, Abel abriu os olhos. Que nome bateria na árvore quando a encontrasse? Em vez do vinte e dois, Abel olhou para os lados. Do trinta e um em diante, Abel começou a andar pelo bosque. Buscou atrás de cada árvore, de cada banco, até mesmo dentro da fonte, abastecida da água que saía do pipi de um menino com asas, maior que Abel. Ai de Abel se Mãe o descobrisse fazendo xixi assim, ao ar livre. E todo pelado, ainda por cima.

Abel deixou o bosque. Saiu por um lugar diferente daquele pelo qual entrou. Mais mesas e mais cadeiras e mais gentes. Só adultos, com roupas de adultos. Buscou a princesa sob as mesas e as cadeiras. Não só esquecera de perguntar seu nome, como também não combinaram os limites para se esconder, o que valia e o que não valia. Só não valia roubar, princesa mais besta. Atravessou por debaixo de umas três ou quatro mesas, esgueirando-se como o leão, caçador.

Quando esgueirou-se para fora de uma das mesas, sentiu uma dor na altura das costelas. Ouviu o baque, quase tão alto quanto o ai-misericórdia que veio em seguida quiqué isso? tropecei meu deus tropeçou em quê? misericórdia quique esse menino tá fazendo aí? quemquié esse menino? deve ser parente lá daquele pessoal de Guaraciaba afe, OLHA PRA ELE, quem é você menino? onde já se viu derrubar uma senhora desse jeito? tá faltando cascudo, só aprende com cascudo, tem pai? tem mãe não pra te dar cascudo?

Abel se levantou e correu; se enfiou entre outros vestidos, ternos, costumes e protestos. Voltou ao bosque para recuperar o fôlego, se dobrou para ofegar, as mãos nos joelhos, as calças mais sujas do que nunca, o suor lavava a calça, a camisa, a cueca, os cabelos e as meias, os olhos fechados em prece, proteção, a boca aberta, ...perdida só o pó entre as mulheres, perdido o fruto... o nariz descontrolado, as sobrancelhas descontroladas, os olhos, os olhos

Os olhos enfim acharam a princesa, e não acreditaram: esconder-se ali, em pé, parada, terreno aberto, sem se meter atrás de uma árvore, uma mesa? Esconde-esconde assim Abel ainda não conhecia.

Aproximou-se dela, mandou um psiu discreto, no lugar do nome que desconhecia. Outro psiu, mais enfático, como se fosse cobra querendo gritar. A princesa só o percebeu no terceiro psiu. Finalmente. Os olhos dela se arregalaram. A cara era de quem tinha se esquecido da brincadeira. Abanou a mão, sem descolá-la da perna. A boca se apertou, fazia um bico de assobio sem assobiar, mexia rapidamente os lábios, não fazia som nenhum. A mão se agitou mais, se desprendeu da coxa, fazia uns chispas silenciosos, a cara meio desesperada; é verdade, ele não contou até cinquenta, mas como ela iria saber?

— Tá fazendo o quê, menina? Comporte-se, de uma vez por todas!

Abel reconhecia uma reprovação quando ouvia uma. Ainda mais quando vinha com uma voz daquelas. Procurou a voz, brava; encontrou-a debaixo de um nariz pronunciado igual a focinho de girafa, grande, caído, engraçado. Era um nariz de adulto, uma voz de adulto. De homem.

O homem descobriu Abel, interrompeu a bronca na princesa. Quis saber quem ele era, olhando para Abel, sem perguntar para Abel.

— O rapazinho aí é lá da turma de Guaraciaba? Só pode. Não vá me dizer que é amigo seu.

Devia ser o pai da princesa; portanto, rei. Só que não tinha postura de rei, nem dos mais selvagens, nem se fosse rei das hienas, nem se fosse rei das girafas.

A princesa chorava seco.

— Coisa sua, Serena. Olha aí no que está dando sua ideia de educação! — Ele apontava para a adulta ao lado, que na mesma hora parou de trocar risadas com uma outra mulher da mesa ao lado. — Essa menina não come carne, não toma leite, não se dá com nenhuma criança normal, por causa do quê? Porque a mãe está mais preocupada em criar uma ativista do que uma filha. Uma feministinha. Belo trabalho, Serena!

A adulta passou a mão pelo rosto da princesa. Convidou-a para o abraço.

— Agora tá aí. Olha só o amigo que ela arrumou.

A adulta levantou da mesa, essa sim tinha pose de rainha. Levava a princesa no colo. Está certo que não eram amigos, a princesa e Abel, mas não se trai um parceiro de esconde-esconde desse jeito. De pega-pega talvez, mas de esconde-esconde...

Abel percebeu a careta de desculpas que a princesa lhe dirigia, diretamente do colo da rainha. Sentiu de novo uma fome, uma fome de Mãe, tanta fome que até doía.

— E aí, menino? Vai ficar aí parado me olhando?

Abel não se incomodou.

— Acabou, pivete. Não vai brincar com a minha filha, não! Vaza!

O apertinho na cara de Abel não era com o que vinha de fora. Tá doendo, Mãe. Era coisa que vinha de dentro, Mãe.

— Se eu deixar, capaz de ela ficar assim. Suja igual a você. Um mendiguinho, um bichinho, um macaquinho!

Mãe Mãe Mãe Mãe Mãe!

Abel não viu. Já tinha se fechado em concha, concha de menino. Corpinho se contorcendo em torno da própria barriga, na qual nascia uma pérola feita de sol e de ouriços. Só ouviu. O estalido. Som de tapa. Chorinho começando baixo, alguém suspendendo-o pelas axilas. Cheiro de Mãe. A barriga doía uma dor que Abel pensou que não pudesse existir, que não deveria. Como sofrem as conchas.

— Quem é você, sua biscate desgraçada? Suja imunda desgraçada puta salafrária, biscate. Que ideia é essa de meter a mão na minha cara? Sabe quem eu sou? Tem ideia, sua piranha imunda? Você é o quê? Da cozinha? De onde é? vaca desgraçada vem lá da senzala encostar a mão em mim. Alguém segura essa vagabunda ordinária filha de uma puta vou prender essa vadia serviçal desgraçada vou te foder sua puta segura ela pega peg

Abel não viu, e dessa vez mal ouviu também. O barulho era baixinho, diferente, barulho de soco de Pai. O que ouviu mesmo foi o engasgo do homem, do rei que não parecia rei. A boca calada, à força do soco na boca do estômago.

Abel conseguiu espiar sobre o ombro de Mãe, enquanto Pai a empurrava, botando para correr. Viu o homem de joelhos, o rei das girafas mais miúdo que texugo. Agonizava, tentava reencontrar um jeito de respirar pelo focinho pálido. A mesma boca que instantes atrás vomitava tanta palavra proibida, proibida até para o pensamento, agora falava uma língua que parecia água escorrendo, o jantar inteiro formando palavras no chão, o a-be-cê feito de bife, cenoura e bebida de adulto.

Mãe perguntou se o homem tinha batido nele, o porquê do choro. Tá doendo? Doendo onde? Fala, Abel.

Pai empurrou Mãe de novo. Mãe gritava. Não esperneava. Gritava mesmo, era para saber se tinha sido ouvida. Mãe estava sempre certa, nos tapas, nas palavras. Mesmo que Abel só entendesse algumas, como porco e rico. Ah, e abutre também — ele sabia que esse era um urubu que não gostava de ser chamado de urubu. Outras se perdiam: etilista, divogado, calipatista, tasca te juro.

Mãe voltou a perguntar o que Abel tinha na barriga, se o homem o havia machucado; se fosse isso, ela o esfolaria vivo, ali mesmo, vivo.

Pai, insistindo, continuou a empurrar Mãe. Disse algo sobre saírem o mais rápido possível. Não demoraria até toda aquela gente começar a cair no chão. Umas sobre as outras. Seremos os primeiros a ir presos se continuarmos aqui. Mãe retrucou. Sabiam do perigo desde o começo. Inclusive para Abel. Mãe tentou massagear a barriga de Abel, perguntou outra vez o que ele sentia ali. Sabiam do perigo, mas valia o saficício. Já era hora de exmertinar essa gente que continua sugando os estripólios do polvo. Sugando que nem canudinho, Mãe explicou. Estripólios é uma coisa que é de todos, mas que só uns aproveitam, esses umpercento, Abel. E ainda fazendo festança pra isso, como pode?

Falava-se muito em estripólios na casa de Abel. Ainda mais nos últimos dias, uns dias antes da festa. Viu mais gente que o normal entrando e saindo de sua casa, gente estranha e conhecida. Viu o Palma, viu Ester, viu Missê Tosbéu! Tentou entender o que Missê Tosbéu falava, prestou atenção, antes de Mãe levá-lo para dormir. Não era a mesma língua que falavam em casa. Só algumas palavras eram iguais, ou parecidas, umas que, diferente de estripólios, ele ainda não sabia o que significavam: banquero, iliti, perucaísta, escarvotrápias. E esquecia, no dia seguinte, de perguntar o que eram. Quando acordava, só lembrava das palavras que já conhecia: carne, cozinha, jantar, molho, veneno, convidados, carro, fuga, cadeia, morte. E presidente, que ele sabia que era importante, mas menos que rei, obviamente.

Rei não chora, mas Abel agora chorava, sacolejando no colo de Mãe. Pularam para dentro do carro. Pai fechou a porta, Mãe nem cinto de segurança pôs. Nunca esquecia.

Carro em disparada, Abel ainda no colo de Mãe, sentado no banco da frente.

No. Banco. Da. Frente. Pela primeira vez. Um rei.

Abel sorriu. Tentou sorrir, na verdade. Doendo, Mãe. Todas as cólicas que Abel não teve, uma bênção de saúde esse bebê, pareciam ter se reunido naquela barriga naquela noite.

Abel era choro, dor, mas era Banco Da Frente! Nada de sorriso ainda, nada de festa, ainda faltava uma coisa. O carro ia a uma velocidade que Abel não tinha visto nem em filme. Tomou a decisão de não esconder nada de Mãe e Pai. Queria voltar a ser um rei alegre, junto com seus súditos. Um rei justo.

— Mãe, acho que você vai ficar braba. Eu... desculpa... Eu comi a carne. Não foi um tequinho só não, desculpa, foi o prato todo.

Mãe o afastou do peito. Só o suficiente para juntar sua cabecinha no meio das mãos, os dedos de prece, as palmas de desespero, meter nele os olhos de o que foi que você filho disse?

— Desculpa, Mãe. Desculpa. Mas olha: até as cenoiras, comi até as cenoiras!

Pai parou o carro. Uma freada boa, freada de filme bom. Pai dividiu Abel em seu colo junto com Mãe, a mão de Pai na barriga do filho. Mãe perguntou se era verdade; perguntou trinta e duas vezes; ainda bem que Abel sabia contar até cem. Perguntou também, mais vezes ainda, se ele tinha comido o molho. Chamou Deus, chamou o Diabo, chamou o Não mais do que trinta e duas vezes. Mãe esperneava, não gritava. Esperneava mesmo.

Abel viu que Mãe chorava, chorava demais, chorava sem parar. Chorava tanto que Abel perdeu, ele mesmo, a vontade de chorar. Pai chorava, ficava feio chorando, feio demais: era a primeira vez que Abel via Pai chorar.

Quando a dor começava a passar, assim, de uma hora para outra, Abel percebeu que sentia sono. Queria ter perguntado para Mãe o que significavam as palavras que eles falavam à noite, em casa. Não se lembrou de nenhuma.

Até que deixou de brigar com o sono. E ainda nem era hora de criança estar na cama. Mas fechou os olhos. Não conseguia evitar.

Teve a impressão de ter ouvido sirenes, sirenes de filme ruim.

Provavelmente, eram só os calaus, os marabus e as cegonhas, saudando seu rei.

ABRIL TEM CHEIRO DE TREM

Gabriel nem veio me pedir conselho. Foi na cara e na coragem: embirrou o queixo, se meteu num vagão do meio, a criança turrona, metida a esperta. Depois, se você responde que a causa da morte dele foi teimosia, é você que ainda fica de estúpido na história, insensível. Vagão do meio não, Gabriel: vai pras pontas que o miolo é sempre o mais lotado, é o carro dos desesperados e dos veteranos; a rafameia se enfia aqui porque quer sair desovada de cara pras escadarias do Brás. A Fepasa tem suas regras, Gabriel, e não é nenhuma dessas que você parou pra ler ali na lousinha. Regra Um: evitar a barriga do trem se você for novato ou melindroso; embarca na cabeça ou se agarra no rabo do bicho. Ou vai surfar a cobrona lá de cima; mas aí vai precisar vestir uma fantasia diferente: só cara e coragem não funcionam ali.

Não conhecia o Gabriel. Não precisava: dava pra manjar que era novato. Só filhote é que para pra ler os sulfites que a Fepasa cola na parede da estação. Escaldado, quando cola perto desses comunicados, se cola, é porque quer fungar os vaporzinhos de álcool do mimeógrafo, quando chega uma papelada nova. E fazia tempo que não chegava... Então era atrás de instrução, dos modos de usar e não usar que ele estava, quando colou a fuça no quadro de avisos. Manual nenhum teria preparado Ezequiel para o que viu quando alvorou na porta da estação: aquele óóó de chupa-leite que ele soltou, antes mesmo de amanteigar o tergal das calças no sebo da catraca: nunca tinha visto tanta gente junta por metro quadrado na vida; era isso que dizia aquele óóó. Chegou pro trem das 6:03, um poodle de tão fresco, quando se meteu no meio do povaréu, a cara de nojinho: pra passageiro do Expresso do Oriente só faltavam o chapéu, a bengala e o bigode encerado. Saiu no trem das 6:13, que partiu até adiantado, às 6:21, pro padrão do dia e do horário. E disfarçou um outro óóó, empinando o queixo, quando entrou. Entrou e não entrou, na verdade: ficou pendurado na porta. Dentro da composição, tinha mais gente que a que sobrou na estação. Explosão demográfica, Geografia em trabalho de campo. Mas o IBGE nunca vem aqui. Se vier, entra só o recenseador; prancheta mais a Bic não cabem.

Ezequiel viveu, arredondando pra cima, seus quinze minutos de caravela, rígido feito um mastro, a camisa feita de vela, enfunada pelo vento forte, mais forte que o alísio que arrepia Cabo Verde. As portas do vagão escancaradas, foi viajando com o corpo suspenso. Os pés lutavam com outros pés, os meus inclusive: não podiam perder um só milímetro de território no estribo do vagão. Natanael segurava-se com uma só mão, num ângulo tão ridículo; era um marinheiro que se achava capaz de mudar o destino, capaz de ser uma caravela menos agourenta que as demais, com as manobras que tentava fazer no cordame. Calouro de Fepasa jamais deveria se meter a pingente. Essa é a Regra Dois, mas deveria ser a quarta lei de Newton. Não basta somar só cara e coragem, já disse.

Natanael, se é que era Natanael mesmo, ficava buscando fechar o mindinho e o anelar junto com os outros dedos, na alça de embarque que ficava para dentro do trem. Não dava: estava que era uma manteiga aquele tubo de ferro, besuntado pelo sebo de tantos anos. Eu até rio quando o pessoal lá de casa pergunta se não se limpam os trens. A gente reza para que trem seja autolimpante. E foi aí que eu, no umbral das portas arreganhadas, fazendo dupla de pendente com Daniel, ele arregalando aquela cara de passageiro de primeira viagem, dividindo meu sovaco com o ombro dele, agourentos como duas caravelas, foi aí que eu vi: a barata. Não era mancha de sujeira, era inconfundível. Eu chego a gargalhar quando me perguntam da higiene.

Estava rindo quando o bicho sumiu parede abaixo, para dentro dos mistérios do metal-alumínio que envolve a grande lata de sardinha que é cada vagão. A bichinha desapareceu com a ligeireza de moleque na perseguição de pipa relada; se enfiou pelas frestas atrás de um encosto de banco em que se espremiam os coitados que insistem em sentar. Coitados sim, viajar sentado não é moleza: porque, pra sair, têm de atravessar o mármore feito de gente sem fim que separa os assentos das portas. Nesses três, quatro metros entre um e outro, cabe toda a História do mundo, descontando todos os reis e as batalhas porque nunca é com esses que se vive a história. De lá de dentro, não se ouvia berreiro de mulher nem apupo de homem, que daria pra ouvir mesmo nesse rumor de vento escandaloso aqui de fora: ninguém mais tinha visto a barata. Ou, se viu, soube se controlar. Consciência de classe, preservação da espécie.

Ficar de pingente pra fora tem suas vantagens, Daniel: por exemplo, a de não se deixar contaminar pela Química que fica presa lá dentro. Queria tê-lo confortado, pelo menos uma vez, quando vi sua cara de pânico endurecido. Estamos livres do bodum de suor, veja só, dos desodorantes: tem uns violentos, machucam mais que pele azedada na obra; e da cachaça, porque essa nunca dorme nem acorda. Daqui de fora, o único odor que se percebe é o miasma de roda contra trilho, ferro contra ferro, minério em forma de traque que não te dá chance de farejar mais nada. Ainda bem que eu não disse nada porque depois, se tivesse depois, ainda me tomariam de mentiroso: um futum de queijo escapou de lá de dentro, desafiou as leis da natureza e do conhecimento, chegou até nós.

Uma mulher grande, tão grande que inauguraria alguma ciência geométrica, abriu um pacote de salgadinho com as mãos, que eram a única coisa não-grande que dava pra ver dela. Mãos de tiranossauro, que em seguida começaram, de montinho em montinho, a jogar para dentro da boca umas chichas amarelo-verde que pescavam de dentro da embalagem. A mulher não se segurava em nenhuma alça nem poste do vagão; o trabalho de mantê-la ali em pé era da massa compacta de gente ao redor. Estava a dois ou três passageiros de distância da minha porta, e do Muriel. Aí sim deu para ouvir apupos, gemidos, até vaias. O fedor do queijo mentiroso era onipotente. A mulher grande não ligava, retrucou umas duas vezes: vão cuidar da sua vida, deixa eu tomar meu café da manhã sossegada. Ela disse "cambada" para si mesma; eu percebi, via leitura labial.

Foi a única vez que Muriel riu pra mim na vida. O odor, seus efeitos, a mulher grande, seus argumentos, nos fizeram de comparsas. Manteve o riso, as sobrancelhas altas, mesmo com a cara crispada de frio; o paletó, de lã fria, não tinha sido feito para uma viagem na Fepasa, ainda mais uma no lado de fora do trem. E não era roupa apropriada para aquele abril, que tinha decidido pular o outono e ir direto para o inverno. Não sou rancoroso: mesmo que não tenha me pedido conselho, percebi que ele se distraía, novato, ia vacilar, folgar a mão da alça, ia cair; apontei pra mão dele com os olhos, folguei um pouco o braço; ele se ajeitou, o pouco que dava. Me agradeceu, com sua fisionomia de Miguel.

— Ai, meu Deus!

No trem, você nunca ouve um ai meu deus achando que é coisa boa. Desconfiei de gente caída, surfista despencado, mal súbito, ataque cardíaco; deu tempo de especular tudo isso até encontrar, guiado por outros ai meu deus, a moça dos salgadinhos. Pulava, de bracinhos espremidos pelo mármore de gente, espanando sem as mãos os farelos verdes e dourados do colo e da jaqueta, tem uma coisa aqui, uma coisa aqui, uma coisa aqui, ela gritando cada vez mais alto, mais alto que o vento aqui fora, e eu sabendo o que era a coisa aqui que estava ali. Ela provavelmente sabia (só não sei se ela também ironizava quando lhe perguntavam sobre a limpeza dos trens); daí o desespero.

Manuel não viu uma das maiores e mais curtas batalhas da Biologia mundial: a barata subiu ao colo da dinossaura. O inseto, artista que sabe perfurar o mármore de gente, foi atrás dos farelos de cor radioativa. Um banquete. Ação gerou reação. Aula de Física. A dinossaura abriu os braços, no limite de ocupar o espaço de outros corpos. Mais Física. Sacudiu a poeira radioativa de si, querendo sacudir a barata junto. Química, desesperada. O inseto avançou, predador virou presa, a tiranossaura recuou. Biologia e Probabilidade, as menos exatas entre as ciências e as mais exatas das crueldades. A jurássica criatura se expandiu, no mais elementar dos mecanismos de defesa: tentando se afastar, empurrou um corpo, que empurrou outro, que desterrou um terceiro. A reação em cadeia obrigou os dedos de Manuel a se despedirem da alça.

— Caiu.

A resposta era a mesma: para os passageiros que estavam dentro do trem, para os surfistas que esticaram o pescoço até a porta, para os passageiros que embarcaram na próxima estação, depois de entrarem e entenderem o buchicho que se formou no vagão. O trem seguiu viagem.

Eu nunca soube o nome de Joel. Mesmo que não tenha me procurado para pedir conselho, ou amizade, gostaria de ter devolvido o sorriso com mais sorriso. Nos jornais, a única menção que se fez a ele no dia seguinte foi a do "cadáver de mais um imprudente surfista de trem".

Era vinte e dois de abril. Eu teria chegado a tempo, com folga, sem atrasos, mas decidi que não: fui homenagear Eymael com um rabo-de-galo, que viraram três, no balcão do Figueira, aberto desde as cinco e meia da manhã, na esquina de frente pro colégio.

Eu tinha prova de História. Faltei.

FAXINO

E faxina lá é coisa de homem, Adão?

Maria me perguntou, eu não soube responder. Sou prático, Maria. Tô liso, vou fazer o que tiver pra fazer, sem emprego dois anos agora em agosto, se quer saber, vou ficar de fuleiragem não. Respondi foi é nada.

Maria me chamou de louco.

Dona Darling me perguntou de novo se eu topava mesmo. Topo claro esfregava tudo banheiro privada chão cozinha azulejo minha mãe botava a gente pra fazer desde pivete ela faxinando a casa dos outros mas nunca a própria casa, filho tá aí pra isso, tive sete pra quê?, ela dizia e era a gente que tinha que fazer, Dona Darling, varria passava pano encerava minha mãe era exigente ainda por cima, Adão, esse chão tá todo ensebado, vai vendo como ela pegava no pé, Dona Darling, se a gente escorrega aqui deus acuda, amanhã vai ter de fazer tudo de novo, Adão, levei três dias se-gui-dos um dois três até acertar a cera e sem enceradeira viu?! esses calos aqui é tudo de rodo e vassoura, Dona Darling, mas é claro que eu topo.

Maria me chamou de interesseiro.

A casa da Dona Darling era grande: cinco quartos seis banheiros mais o lavabo três salas fora a de jantar cozinha escritório quintal da frente quintal de trás com o mancebo tudo numa casa só e eu sei que o coretinho ali de trás chama gazebo mas na pressa nunca acerto o raio do nome falo coretinho mesmo mancebo achando que vou acertar. Piscina e Jardim, Adão, vamos lá: nessas áreas, você não mexe, temos gente que faz só isso. Sim senhora, Dona Darling. Todo o resto, a arrumação, fica sob sua responsabilidade. Ela disse que queria tudo aquilo um brinco não foi bem isso que ela disse acho que era outra língua mas eu entendi que era para deixar um brinco não precisava nem falar nada né, Dona Darling, minha mãe me ensinou direitinho. Quero só ver, Adão.

Primeiro dia, tudo uma maravilha cozinha ficou que era um brinco mesmo com a Raíssa deixando tudo uma gordura só o chão emporcalhado nunca vi cozinheira tão bagunceira também! não parava de olhar pra mim bufar pra mim mas dizer alguma coisa pra mim disse só aquele bom dia que sai forçado que nem o soluço que a gente não segura vai ver não gosta de gente na cozinha dela. Ou acha também que faxina não é coisa de homem, Adão! Você é que está no lugar errado.

Maria me chamou de encrenqueiro.

Segundo dia, fui limpar o chão da sala grande se bem que as outras também são grandes pra burro bom era a sala que tem o sofazão cabe mais gente nele do que na birosca do Telmo e aí varre passa pano tira as manchinhas quanta manchinha parece cola isso aqui nunca vi. Adão, não esquece de tirar o pó dos porta-retratos. E tome bastante cuidado com esses bibelôs, são o xodó do Mr. Y. Maior cuidado, Dona Darling, fique preocupada não. Dona Darling saiu só assim pra Raíssa sair lá da cozinha veio até a sala tinha dois pedaços de bolo na mão os braços cruzados escorada no batente da porta que vem ali do corredor uma cara que ainda não sei se tá esnobando ou se é de doença a bochecha inchada de mastigar fubá acho que era de fubá o bolo os farelinhos garoando até o chão que eu tinha acabado de encerar e ela arrastando pontinha do tênis no piso marcando o piso de fora a fora na entrada que ainda não sei se é cacoete ou se é sacanagem. Ô, cara, quer um pedaço de bolo? Meteu o dente na fatia que me ofereceu quero não Raíssa obrigado se importa de não derrubar bolo aí no piso encerei ainda agorinha obrigado. Ah, não vi. Deu as costas nem juntou as migalhas fingiu que não era com ela cachorrada e ainda tinha as quinquilharias do Misteripsilone que me tomou um tempo não calculei todas aquelas coisas espalhadas na cristaleira nas estantes nas prateleiras no aparador e na parede que coisa horrível! na parede uma cabeça de bicho alce rena nem sei se rena existe de verdade sei lá que raio era aquilo e tinha umas estatuetas pequeninhas de bicho gente e bicho-gente um mau gosto danado nem bem feito é uma do lado da outra tudo de olhão aberto parecia que tavam esperando algum pagode começar e tinha mais umas pedras uns cristais uns pedaços de argila parecia tudo um monte de cinzeiro uns desenhos igual as coisas que minha vó punha na casa em dia de terreiro e aí levo um tempo danado pra espanar o pó tira uma duas cinco dez vinte espana volta pra dentro do móvel uma duas cinco dez vinte uma por uma. Bastante cuidado com esses bibelôs. Oxe, Dona Darling, esquenta não que não vou quebrar. Mas dá vontade ah isso dá é muita.

Terceiro e quarto dia, a casa ficando o brinco que nem minha mãe ensinou. Casa grande a gente não pode parar pra pensar, filho, só reza e vai limpar. E casa grande tem sempre dono de olho grande, filho, vai ficar buscando sujeirinha, vai olhar até os cantinhos, é gente pirracenta. Olha só isso aqui, uma sujeira, Carolina!, apontava Dona Sueli um canto da sala que juntava dois rodapés e um vaso com aquelas plantas de novela e eu com dez anos na época Dona Sueli falando tudo isso depois que minha mãe me levou pra fazer exame no posto de saúde. Dona Sueli, vim direto do posto pra cá. E esse menino, Carolina? Dona Sueli, vai ficar quietinho aqui comigo, ajudando. O dia não vai render nada, né, Carolina? Vai sim, Dona Sueli, Adão sabe fazer as coisas, faz de tudo lá em casa. Só faltava essa, Carolina. Aqui em casa é diferente, Carolina. Se eu vir trabalho mal feito vou descontar o dia de você, Carolina. Dona Sueli, se preocupa não, vai ser tudo igual, até melhor, visse? Não, não vi, vou ver quando você terminar. Ave Maria de Jesus, minha mãe ficou dizendo quando a Dona Sueli virou as costas uns dias depois e aí ficou chamando Dona Sueli de uns nomes que não combinavam nem com Maria nem com Jesus só combinavam com ave mesmo. Me descontou o dia do ordenado, minha mãe amassava nas mãos as poucas notas sujas de dinheiro e eu é que não quero ter filho porque filho é igual a menos ordenado Maria.

Maria me chamou de grudento.

Primeira semana, quinto dia. Gostei de ver, Adão, achei que ia deixar a desejar. Mr. Y chega amanhã de viagem, você pode deixar o escritório pronto hoje, Adão, além de fazer suas outras tarefas, claro. Fica tranquila, Dona Darling, gosto nem de lembrar do escritório e mais aquele monte de traquitana uma mais horrível que a outra umas estantes com uns livros que parecem que foram construídos junto com a casa de tanto pó que tinham um tapete enorme de pele de um bicho que não é vaca mas também não sei que bicho é talvez rena se não fosse uma pele tão branquinha mais um piso de madeira escura igual à mesa que deve pesar sozinha mais que minha casa inteira e uma cadeira com o couro meio apagadinho porque couro só fica bom se passar hidratante mas isso depois eu peço pra Dona Darling, acho que ela não tem disso em casa só se tem pra passar na cara que eu acho que já vi no banheiro da suíte aí fica lindura esse couro.

Maria me chamou de fresco.

Segunda segunda-feira, e o escritório tava brinco brinquíssimo, pudera! saí da casa era mais de nove da noite na sexta. Adão, depois de esfregar os degraus lá da porta da frente, Mr. Y quer falar com você no escritório. Ai peste de homem que deve ter visto que deixei uns cantinhos de estante sem limpar mas eu ia explicar que ou era isso ou saía daqui só no sábado porque àquela hora o ônibus já não passava mais e eu dormia era na rua, é ruim hein! Tá bom, Dona Darling, a senhora vai comigo? Não, Adão, vai só você. Mr. Y não morde, pode ir sem medo.

Maria me chamou de atirado.

Segunda segunda-feira ainda, o dia não passava. Adão, meu querido, pode se sentar, fique à vontade. De manhã ainda, eu lá de frente pro homem demorei um tantinho a mais esfregando os degraus da frente confesso não era por medo do homem mas por preguiça de conversar no horário de trabalho que aí me atrasa todo. Darling me disse que você superou suas melhores expectativas. Olha que essa conversa com o homem tava difícil um sotaque embolado na boca que não sei de que país é precisei fazer ele repetir umas duas vezes e aí falava comigo como se eu fosse criancinha ou coisa menor falando devagaaar eu só olhava pro cantinho das prateleiras de cima cheias dos livros que não relei estavam com aquele pó de séculos aí olhava pra prateleira e olhava de volta pro homem e olhava pra prateleira como se tivesse duas bolinhas de pingue-pongue no lugar dos olhos e olhava de novo pro tal Misteripsilone que eu achava que era daqueles homens que usavam roupão cachimbo um topete grisalho umas rugas de ator antigo mas que nada! tinha umas roupas todas largas até esgarçadas uma careca que vinha toda casada no suor com a testa brilhante e cachimbo nenhum ele parecia até um parente primo meu que eu acho que até já morreu. Preciso te dizer uma coisa, Adão. Aí só não me caguei porque não tinha comido nada além do café com leite das quatro da manhã naquele dia acordei atrasado nem o pão com manteiga tinha comido. Eu não gosto que ninguém entre aqui no escritório. Eu já pensando que outros bicos eu ia poder pegar porque fixo mesmo ninguém tava empregando. Nenhuma das faxineiras de antes havia sequer entrado neste lugar se não fosse para ser demitida, porque esse é o tipo de coisa que Darling não consegue fazer, melindrosa, não sabe demitir. Eu já quase levantando porque demitir tudo bem agora humilhar e vir de sermão já é outra história sou pobre mas minha pobreza não é convite pra ninguém vir me espezinhar e se deixei o pó ali nos livros é porque eu também tenho direito de voltar pra casa tenho casa meu senhor sabia? só fala que fui demitido tiauíbença. Mas vou te dizer, Adão: que trabalho excelso que você fez aqui, limpou o que tinha de limpar, ignorou o que tinha de ignorar. Acho que foi isso que ele disse nem sei se esse excelsior é palavra daqui elogio ou xingamento sotaque de chifrudo.

Maria me chamou de bruxo.

Segunda segunda-feira ainda não acabou calma o homem começou a me perguntar de trabalho e eu dizendo que era a primeira vez que ganhava dinheiro com faxina mas que trabalhava com isso todo dia porque sujeira e pó é coisa infinita acabam as baratas do mundo mas não o pó e que morar em rua de terra é ainda pior porque a natureza é atrevida não pede licença pra entrar na casa da gente nos móveis no nariz e aí ele me perguntou mais umas perguntas que só Deus pra entender aquele sotaque sem precisar repetir. Já pensou em ter a sua própria empresa, Adão?

Maria me chamou de interesseiro, de novo.

Segunda sexta-feira, deus me livre de ficar aqui até as nove de novo, mas trabalho tá rendendo menos não vou negar, não consigo parar de pensar no que me disse o Misteripsilone, me disse que tinha um mês pra dar a resposta, mas a ideia dele era boa, ele dizia, era tão boa que ele entrava num negócio desses de olho fechado, que nunca acreditou que pudesse dar certo homem faxineiro, e que só deixou eu limpar o escritório dele porque eu era homem, e que a Dona Darling era boa de iniciativa, de ter me contratado, que ela queria mesmo era contratar minha mãe, mas minha mãe velhinha não podia pegar porque trabalhava três dias na semana pra Dona Sueli e Dona Darling queria faxineira ou arrumadeira, como ela dizia, pra todo dia, e que se Dona Darling era boa de iniciativa quem era bom das ideias na casa era ele, e que a ideia era muito boa, ele já tinha dito não sei quantas vezes, e pediu a resposta pra daqui um mês. Presta atenção no trabalho, Adão, você anda avoado depois da conversa com Mr. Y. Ando não, Dona Darling, é que a senhora sabe não tô acostumado. Eu sei, Adão, mas por enquanto você trabalha pra mim, não esqueça.

Maria me chamou de puto.

Terceira terça-feira desde que comecei a trabalhar na casa de Mr. Y e Dona Darling. Ele veio sozinho até o coretinho que era onde eu tava varrendo as folhas, não deu para limpar ontem porque o homem da piscina tava limpando a piscina, e, Maria, Maria, que homem bonito era aquele, mas eu não podia ficar lá só admirando e puxando papo que tinha mais o que fazer dentro da casa, a Raíssa tinha deixado cair o pacote de farinha inteiro na cozinha invejosa, pergunta se ajudou a limpar, ajudou nada farinha pra tudo quanto é lado o chão parecia aqueles lugares de filme estrangeiro com neve até a cintura e adivinha quem ficou lá de papo com o piscineiro enquanto eu limpava aquele branco todo do chão, ela mesma, invejosa. Aí no dia seguinte o Mr. Y me achou lá no coretinho dando fim nas folhas secas, e a Raíssa lá da janela da cozinha com aquela boquinha caçoadeira olhando pra mim, e o homem veio e perguntou se eu já tinha uma resposta, oxe. Não vou dizer que o homem tava pedindo pra tomar uma vassourada, mas é como se fosse. Oxe que eu não tinha um mês pra pensar e nem bem uma semana já vem cobrar? Olhei bem pra ele, não pra parecer bravo senão perdia era bem mais. Me explicou que tinha falado com não sei quem que faz não sei o quê na firma dele, e que a ideia era tão boa, mas tão boa, que não podia perder tempo pra começar, e falou mais umas palavras estrangeiras, mas que eram coisa boa, o jeito todo animado que ele dizia. Quando eu ia pedir mais um tempo, e vou te falar que eu não entendia quase nada, só entendia que eu devia me apressar pra dar resposta, ele veio com as histórias de que eu precisava aprender umas coisas novas, que ele precisava que eu fosse treinado, não era cachorro pra ser treinado, pensei mas não falei, que isso e mais aquilo e mais aquilo outro. Falou, falou, falou e não falou nada, mas virou com os dentes todos arreganhados pra mim: "Então?"

Maria me chamou de sonhador.

Foi no dia seguinte, na quarta-feira, eu não tinha nem posto os pés pra dentro da casa, o Mr. Y veio e me chamou de novo, queria que eu fosse até o escritório. Já tava achando que o negócio ia azedar porque eu tinha pedido mais um pouquinho de tempo pra pensar, pelo menos até a sexta-feira.

Mas ele não esperou, e eu crente de que agora a ideia boa ia deixar de ser boa ou ia deixar de ser boa pra mim pelo menos. E olha que acho que foi quase isso que ele quis dizer depois de me mostrar na televisão grandona do escritório umas pessoas trabalhando na cozinha. Umas fotos e vídeos de um monte de gente, ele me perguntando se eu conhecia alguma, eu não conhecia ninguém até que chegou uma que eu sei que era jurada de um desses programas que escolhem o melhor cozinheiro do mundo toda semana na televisão. E aí depois foi só homem aparecendo na televisão, um atrás do outro, todos eles cozinhando e fazendo pose na cozinha, não vou dizer que conhecia todos, mas conhecia bem mais homem do que mulher que trabalhava de cozinheiro. Mr. Y deu aquele sorrisinho, ele pensa que não vi, de quem já vinha com a conversa bem madura. Chegou mais perto e falou uma coisa que não esqueço nunca, eu já entendendo um pouco mais do sotaque: desde sempre são as mulheres que fritam até a alma na cozinha, mas mulher na cozinha tinha em todo lugar, até na casa da gente, mercadoria sem valor. Foi só quando os homens passaram a se meter na cozinha que a cozinha passou a ter valor, pra vender, ser chique, coisa de rico, as pessoas davam até o rim pra entrar em restaurante de homem. E Mr. Y disse que queria a mesma coisa, só que com a faxina. Ele ia entrar com a ideia e o dinheiro, e eu, com alguma coisa que parecia com ex-de-Denise quando ele falava, mas eu sabia que não era isso mas parecia com isso, e eu sabia que tinha a ver com botar mais calos nos dedos, os meus. Não saí de lá convencido, mas a mão do homem eu apertei, e isso já queria dizer mais do que se eu tivesse aberto a boca.

Maria me chamou de maria-vai-com-as-outras. Engraçado.

Quinta-feira da terceira semana, de manhãzinha. Mr. Y me enfiou no escritório, muito trabalho pela frente, meu rapaz, ele dizia. Falou para eu sentar na poltrona, que não ia me oferecer mais o lugar, que eu sentasse quando quisesse, que eu já era de casa, somos sócios, meu rapaz. Eu falei: "Oxe que a Dona Darling vai se enfezar que o serviço de casa vai todo atrasar". Ele respondeu que da Dona Darling cuidava ele, e logo ligou de novo um monte de coisas na televisão dizendo tudo que tava acontecendo e o que ainda ia acontecer. E não é que ele tinha todo o negócio ali pronto, dizendo o que a gente ia fazer, quem ia comprar, quanto ia pagar, quanto a gente ia ganhar?, acho até que falou quanto a gente ia perder, mas aí eu já não sei direito, só sei que me assustei, mas o homem não parava. Mas me assustei de verdade foi quando Dona Darling, depois de duas batidinhas na porta grande de madeira, meteu a cabeça pra dentro do escritório perguntando: O Adão está aqui, meine Lieber? Perguntando se eu tava ali, mesmo que tivesse me vendo, e eu acabrunhei mas ela nem fez cara de brava nem nada só um pouco incomodada, eu acho, e o Misteripsilone todo amante amoroso. Darling, estamos tratando de negócios. Adão, depois quero falar com você sobre a cozinha, não dá para ficar daquele jeito. Eu disse que sim claro que sim aqui vai ser rápido né Misteripsilone e depois eu vou direto paro nem no banheiro desculpe a ousadia e Misteripsilone olhou pra mim. Não ouse levantar daí. Olhou pra mim e nem precisava falar nada que eu ficava de qualquer jeito.

Maria me chamou de intrigueiro, mexeriqueiro, fofoqueiro, lavadeiro.

Sexta-feira, terceira semana acabando, e eu cheguei na casa com a Raíssa me apresentando a Cláudia, que tomou meu lugar, amiga dela que a Dona Darling pediu para indicar. A Raíssa me disse que a Cláudia pelo menos não ficava trocando trabalho pesado por conversinha, a Raíssa, justo a Raíssa me dizendo isso. Achei que tinha me lascado, que a Dona Darling tinha me demitido e que não queria mais olhar na minha cara depois que deixei ela na mão. Eu só acertei a última parte, porque Mr. Y já tinha me chamado até o escritório, e ficou me explicando que a partir de segunda-feira a gente ia trabalhar em outro lugar, que ele tinha arrumado um cantinho pra gente dentro de um prédio que ele tinha para uns outros negócios, e que a gente tinha de treinar e correr para fazer a empresa crescer, e eu achando que nem empresa existia ainda, que existia só na televisão dele, e que eu tinha que aprender a falar com jornal, com funcionário, com gente que tem dinheiro também, que eu precisava entender umas coisas de gerente e tal e coisa. E eu perguntei da Dona Darling, e ele me disse que já tinha dado um jeito, que não precisaria mais falar com ela, que eu não me preocupasse mais com isso, vamos ganhar dinheiro, meu rapaz, você é o Adão de um novo mundo.

Maria me chamou de traidor, infiel, desleal, escorpião, pior raça.

Não me pergunte o dia ou a semana; se você para para admirar o tempo, perde a chance de fazer o tempo se admirar por você. Essa frase não pode ficar de fora, se é que não vai ser ela o título do livro. Ah, o livro. É a biografia que o Y está escrevendo junto com um jornalista, amigo dele, e que ele diz que vai ser inspiradora, um verdadeiro manual dos bons negócios. Um homem inteligente desses, empresário desses, tem mesmo de escrever um livro. Me disse que ficaria fora uns dias, para finalizar uns detalhes do livro, e que superamos as melhores expectativas que ele tinha no começo. Mais de onze mil prestadores de serviço, faxineiro, copeiro, arrumadeiro, passadeiro, lavadeiro (a ideia veio da Maria, mas nunca contei a ela), e tantos eiros que até piscineiro nós criamos para ter o que o Y chama de one-stop-shop. O Borginho está voando na gerência do setor, foi nossa mais bela aquisição, como diz o Y. E eu assino embaixo, porque o homem continua bonito (não falo isso para o Y, porque a gente nunca sabe o que os outros podem achar, ainda mais nos negócios). A Darling brigou com Y por mais essa; disse a ele: primeiro, você me tira o faxineiro, agora o piscineiro; daqui a pouco, vai querer me levar a Raíssa, a Cláudia, e a casa como fica? Raíssa e Cláudia, não! Às vezes, acho até que de má-fé, parece que a Darling esquece que o nome da companhia é HomeN, mais um desses toques de genialidade do Y, que entrega numa palavra tudo que a gente é, home e homem, a casa cuidada só por homens, muitos homens, e resume assim nosso diferencial: nós limpamos tudo, da fossa ao telhado; somos o que somos porque inventamos de colocar nos serviços domésticos o cabo que faltava, ao lado do cabo da vassoura e do rodo (a gente ri entre nós, mas não fala isso para os clientes; eu, na verdade, rio porque rir sem querer rir é arte que só se aprende de verdade no ramo corporativo). Dizemos que somos homens transformando coisas sem valor em valores sem coisa. A gente também não sai falando isso em entrevista nem nada, porque é um pensamento interno (se bem que eu ainda duvido que todo mundo entenda o que isso signifique). Y e suas pequenas grandes sabedorias; incrível como esse homem consegue resumir o mundo.

Maria a essas horas me chamaria de vagabundo, piranho, até de biscate.

O que é o tempo? Pergunte ao time sheet, não para mim. Conheço quem ganha dinheiro com gestão do tempo, muito dinheiro. Tempo eu não tenho mais. Tinha quando vivia de frila, antes de conhecer o Y e a Darling. Hoje, se saio à meia-noite, é porque rendi pouco. Nunca venço, ainda mais agora, no meio desta crise sem fim. Se eu me pergunto por quê? Não, tudo na vida tem seus bônus e ônus. Mas o Borginho insiste: ele continua perguntando, preocupado comigo. E há quem diga que só está comigo pelo dinheiro. Se soubessem... Pergunta se ele me deixou depois de tudo que aconteceu? Ele sabe que estamos em desinvestimento (a palavra é outra, o sentimento é pior). Sobrou pra mim, sobrou bastante até; e ele continua aí, comigo. Sou o maior responsável, não discuto. Só que não sou o único. Ouvi gente alegando ingenuidade da minha parte. Como também ouvi que não se endireita pau torto: pobre nasce para obedecer, não para liderar; e pobre não aprende é nada. Disso eu discordo, mas não sou adivinho, oxe. A moça era tão simpática. Não imaginei que pegaria um pedacinho de uma coisa de nada que eu falei. Virou um escarcéu. Disseram no media training que jornalista não é seu amigo nem confidente. Que você não é CPF numa entrevista, só CNPJ. Mas se a moça queria saber de mim, oxe. Da minha história. Eu era o case de sucesso, eu era a companhia inteira, praticamente. Um sujeito que antes vendia o almoço para pagar o jantar. Quem diria, quatro anos depois, um fenômeno? A assessoria de imprensa concordou em abrir uma exceção. Queríamos ser mais humanizados. Empáticos é a palavra que usamos. Até então, a regra sempre tinha sido: o Y fala com a imprensa sobre assuntos que envolvem a companhia. Antes dessa entrevista, eu tinha falado só três vezes com jornalista. Sobre operações e nada mais. Só uma das matérias saiu, o título era: "A cara da revolução nos serviços que ninguém quer (ou não queria até hoje!)". Minha mãe mandou até enquadrar; fica pendurada na sala da casa dela. Seria minha quarta vez com jornalista, e agora era portal de notícias grande, dos maiores. Tinha de ser eu o speaker. A jornalista veio, tomamos uns cafés, uns lanchinhos, muita conversa sobre as dificuldades de operar home facilities. Então ela me perguntou. Tentei lembrar do treinamento. Qual é o segredo. O media training. O segredo para transformar o que ninguém nem dava bola antes. Eu sou o CPF e o CNPJ. Em um negócio milionário. Eu sou o fenômeno, eu sou Adão, porta-voz do novo mundo. Jornalista não é seu amigo. O segredo é simples. Veja a cozinha, por exemplo. Enquanto eram só mulheres, a coisa toda tinha pouco valor. De quantos chefs de cozinha homens você se lembra? E mulheres, quantas? A jornalista concordou, disse que não tinha reparado até eu falar. Faxina é a mesma coisa. Daqui a alguns anos, você vai se lembrar mais de faxineiros famosos do que de faxineiras, eu sou só o primeiro, seremos os chefs do ramo de house cleaning. Dei o crédito pelo exemplo ao Y, não sou desses, a ideia toda foi dele. O exemplo, também. Eu era só o braço naquela época. A matéria saiu: "'Mulher não sabe gerar valor para o negócio', diz o rei da faxina". Y me ligou na manhã em que a reportagem foi ao ar, não eram seis horas ainda. Perguntou se eu tinha dito mesmo aquilo. Disse que sim. Mas a jornalista tinha concordado e tudo. Achei uma puta sacanagem. Ele me tranquilizou. Pediu para que não falasse com mais ninguém. A assessoria cancelou toda atividade pública até segunda ordem. Não só a minha, mas de toda a companhia. Y ordenou que deixasse tudo com ele. Estamos em uma gestão de crise agora. Tudo muda. Mas a desgraça veio toda de uma vez. Muita gente que ninguém conhecia veio acusando de machismo, sexismo. Coisas para as quais treinamento nenhum me preparou. Se ficasse só na internet. Não ficou: saiu, virou protesto. Às portas da empresa. Muita mulher junta. Umas até tinham jeito de doméstica, mas tinha outras, a maioria, com jeito de que nunca tinham pegado uma vassoura na mão nem para brincar de bruxa. De uma delas não esqueço. Óculos grandes, armação roxa, umas tranças loiras por cima de um cabelo raspado. Sabia gritar. Não sei o quê, mas gritava. Aqui do quinto andar, janelas antirruído, só dava para ver a boca se mexendo. Gritava de monte, mas se aquela moça soubesse lustrar um porcelanato, então eu era a Fernanda Montenegro. Foi a foto dela a que mais apareceu na imprensa. E em tantos outros lugares, que não tem como esquecer. Os olhos debaixo dos óculos, os pés de galinha, a vermelhidão da cara, os dentes arreganhados. E tinha os vídeos que circulavam. Era a minha cabeça que queriam: o machista, o porco covarde, o demônio. Justo eu? Criado por mãe três irmãs pajeado por tia avó madrinha só não sou mulher porque a Virgem Maria preferiu de outro jeito. Depois de duas conversas sobre os próximos passos a tomar, Y deixou de me atender. Disse que estaria na Alemanha, sumiria por uns tempos, ano sabático e tal. Com as quebras de contratos, investidores e parceiros se posicionando contra qualquer forma de preconceito, inadmissível!, disse que seu nome precisava descansar um pouco. Os investimentos mudaram de direção, não só aqui na companhia como na Escola Homens de Valor, que ensinaria o segredo de pegar um sujeito (eu, no caso; garoto-propaganda negociado a dois por cento de participação em todas as vendas de cursos executivos), que vivia de espanador na mão, e transformá-lo em presidente de uma companhia da novíssima economia em apenas quatro anos. A pré-venda foi ótima. Todas as seiscentas vagas foram vendidas em menos de vinte e quatro horas. Os pedidos de estorno e desistências foram na mesma velocidade. Oxe, óbvio. Quem era o garoto-propaganda? O diabo da vez. A Escola estava com as atividades suspensas por tempo indeterminado. O Y deixava ela para trás, deixava descansar também. Dizia que precisava terminar seu quarto livro, se concentrar nele. Sabático, para mim, não teve. Me parece um exagero ele não me atender, já tem semanas, e eu aqui precisando de uma orientação um coaching qualquer merda os processos trabalhistas aparecendo também e eu descobrindo o verdadeiro significado de diretor estatutário que quando li no contrato achei que eram só formalidades e achei chique diretor estatutário e até minhas economias pessoais se extinguindo eu perdido com tanta gente me xingando me mandando pra tanto lugar que um passaporte só ia ser pouco é funcionário aparecendo com denúncia de precarização advogado aparecendo com denúncia de funcionário ministério público aparecendo disseram que eu não dava licença paternidade conforme a lei que o vale refeição não dura nem dez dias eu perdido querendo sumir mas antes até pra Dona Darling tentei ligar mas não me atendeu então vou sumir avisei minha mãe que vou ficar uns dias fora e ela de novo com a ladainha do ouro de tolo ouro de tolo o quê, mãe? dei beijo antes de ela começar a reclamar do filho deslumbrado senão é aquela coisa que não termina reclamando do filho que se vendeu fui mãe tiauíbença falei pro Borginho que a gente ia sair às duas falei que aluguei um chalezinho pra gente pros lados de Prudente mas saí bem antes das duas porque Borginho ai que homem! além de tudo é pontual Borginho foi bom enquanto durou mas já deu não tem chalezinho em Prudente não tem duas da tarde desculpa Borginho você não é descartável mas pra onde eu vou não dá pra te levar junto e se pudesse te dar um conselho se fosse bom a gente vendia mas toma esse de graça ouvi em algum lugar não lembro de quem talvez do Misteripsilone: A única certeza da vida é a solidão. É capaz que seja da Dona Darling porque essa gente não têm razão nenhuma pra pensar na morte porque morte só existe pra quem não tem nenhuma outra certeza nessa vida então fica com esse conselho e fica bem meu Borginho fica bem meu amor um dia a gente se reencontra tomara que demore ainda bastante assinado seu Adão.

Maria me chamaria de homem, finalmente.

AGÊNCIA IMIGRATÓRIA DE INTELIGÊNCIA EMOCIONAL

Dois investigadores, um baixo, o outro mais baixo.

— O passaporte só pode ser falsificado — disse o baixo.

— Já escanearam até debaixo d'água. É legítimo — confirmou o mais baixo.

Coçaram as cabeças, cada um a sua. Três coçadinhas por investigador, simultâneas. Eram violino e violoncelo, inseparáveis, o mais antigo duo de toda a Agência. E eficiente: não havia caso pendente em seus nomes desde que começaram a trabalhar juntos. Isso já tinha uns sete anos mais uns meses. Não seria um camarada como aquele, esperando pelo retorno dos dois dentro da sala, algemado, que mudaria o rumo de carreiras assim intocáveis.

Voltaram para a Sala de Desconfortos Nº 14 com os dois pés direitos ao mesmo tempo. Vinham progredindo sinfônicos, cada qual com suas diferenças, um *punctos contra puntum* de Bach. Mas havia o umbral. Bach logo se antecipou, preferiu ficar na porta: por ela passavam, conforme a intimidade, dois sujeitos magros. Mas um era grande; o outro, maior. E não eram íntimos.

O imberbe entrou primeiro, depois de certa luta ombro contra ombro. O hirsuto veio depois — sempre fora o mais delicado entre os dois parceiros.

— Você só pode ter vindo de Santa Melancolia do Oeste — arriscou o corajoso, apontando o dedo para o sujeito algemado no centro da sala. O interrogado devolvia a mesma careta que vinha dando como resposta a qualquer pergunta que fosse, nas últimas vinte e seis horas.

Sabiam seu nome — Google — e pouca coisa mais. Era menos que nada.

— Mas aí teria de passar pelo Rio das Vontades — ponderou o mais covarde. — Sem barco? Difícil. Ninguém atravessa aquilo nadando.

Google gargalhou.

Os investigadores trocaram olhares. Inútil diferenciar qual dos dois se espantava mais: nunca tinham ouvido alguém gargalhar uma vogal como aquela, nem mesmo entre os fugitivos do Vale do Desvario.

Saíram da maneira que puderam: atabalhoados. Foram ao chão, entrelaçados, perna se enroscando em braço, lembravam um casal daqueles como há anos não se faz. Olharam simultaneamente para os lados, procuravam, ao mesmo tempo, se havia na antessala algum outro colega — talvez até o Capitão — de quem precisariam defender aquele arrasta e raspa que protagonizavam no chão. Estavam sozinhos, sortudos.

O mais saudável se desenredou do parceiro, não sem alguma violência. Foi batendo os pés até um dos pufes brancos. Era a primeira vez que se encontrava ali para outro fim que não fosse cochilar ou fugir das papeladas a que um investigador sênior da Agência se vê obrigado a preencher. Eram tempos difíceis, as taxas de imigração ilegal cresciam de forma alarmante. Ponderou que as circunstâncias pediam a pose, aquela que vinha há meses treinando em seu apartamento: sentou-se, apoiou o cotovelo na coxa, a mão aberta no queixo liso, imitando uma escultura que nem sabia que existia, para refletir sobre o caso. O mais sedentário, por sua vez, sentou sem pose; a cadeira de plástico branco sem estofado é que decidiu por ele.

— E se ele nasceu aqui? — arriscava o cafeinado, enquanto procurava a melhor solução para as próprias nádegas no assento.

— Imagina! — cortou o descafeinado, sem desfazer a pose. — Sem nunca ter pisado em Frustração da Serra? Ou ter tomado bem no meio do olho do cu em Três Corações Partidos? Já ouviu falar de alguém que nunca tenha visitado São Tesão da Boa Vista?, eu nunca, de alguém que nasceu e viveu sem ter comido aquela merda de sanduíche mal feito lá do trevo de Feira de Tolerância?, desculpa aí a risada — por pouco não abandonou a pose —, não consigo segurar, puta papelão você deu lá, "segundo sanduíche, senhor? como assim?", "é, pra viagem, por favor", achei que o cara fosse te matar se a gente não tivesse dado no pé rapidinho, olha, tô até chorando de rir, foi mal, mas esse aí, como pode?, não tem nem o carimbo do camping de Alto do Desgosto no passaporte, ainda é obrigatório por lei até onde eu sei, é só o governo que não fiscaliza direito, a gente até tenta, mas se não tem apoio lá de cima…, e a gente já sabe que o passaporte não é falso, coisa de maluco, e não tem nem o carimbo de Tediópolis, como é que faz?, um sujeito com essa idade aí, tem o quê?, mais de trinta anos fácil, nunca ter alugado uma casinha lá em Pedra das Vergonhas, um sujeito desses ter nascido aqui e nunca ter saído, qualé?

O deselegante suspirou. Já havia desistido de se entender com a cadeira.

O elegante se levantou. Não havia alternativa, era voltar e interrogar.

— Nenhuma carta, nenhum retrato, nada? — estranhou o narcoléptico; continuava apontando o dedo para o interrogado, às vezes até a mão inteira espalmada.

Google segurava a barriga, para que não explodisse de tanto rir.

— O que ele quer dizer — o insone resolveu jogar o jogo — é que não encontramos nada na sua casa e isso é, é... impossível. Quer nos dar o endereço de alguém que possa nos ajudar aqui? Sei lá, uma tia, um amigo, uma ex-namorada.

Google parou de rir, sem mais nem menos. Congelou, como se a barriga tivesse implodido. Evitava olhar para os investigadores. O corrupto esboçou um começo de triunfo. O quase tão corrupto lhe fez um sinal com as sobrancelhas, indicando a porta da Sala. Saíram.

— Até que enfim! — iluminou-se o absolvido por estupro, assédio, violência doméstica e homicídio após aceitos todos os argumentos de legítima defesa, sem recurso.

— Sem evidências? — apagou-se o condenado por calúnia e difamação, duas penas já cumpridas, todos os recursos negados.

— Isso é o de menos. Vamos pra cima! Eu sei o que fazer: um amigo meu me ensinou uma técnica que o pessoal lá de Arararraiva usa bastante. Diz que é tiro e queda.

Voltaram. O analfabeto funcional entrou primeiro. O outro analfabeto funcional parecia refletir se entrava ou não, achava que não, mas testemunha é sempre bom, o Capitão andava tão burocrático naquele ano. Entrou em seguida.

— Tá bom, ex-namorada então, aposto que te largou, uma coisinha dessas aí, deve fazer pouco tempo, hein, essa tua cara de corno não mente, capaz de apostar um braço que devia ser dessas bem gostosas, que mete bem pouco com você, devia era meter muito e muito com os outros, por baixo, por cima, coqueirinho, de quatro, de pé, e ajoelha de novo, saía de casa sem calcinha pra facilitar, saia bem curtinha pedindo pra ser levantada, encoxada, até pra ser arrombada se tiver um cantinho, qualquer cantinho escuro, decote bem abertinho, biquinho durinho, sutiã pra quê?, hein?, aposto que nunca te deu o cu, fingindo que tinha medo, hein hein?, mas a vielinha que ela fechava pra você devia ser uma puta de uma avenida, haha puta de uma avenida, entendeu?, avenida pro cacete dos outros, e você aí com essa tua cara, cadê o sorriso agora?, cadê, hein?, meu colega ali, coitado, acha que você é natural aqui de Felicidade, coitado, só tendo muita grana, muita grana mesmo, pra ter morado aqui tanto tempo e nunca ter saído, hein, e você fodido desse jeito, tua casa fodida daquele jeito, eu vi, fui lá, não tem nada, porra nenhuma, nem foto, nem carta, nem caderno, nem mobília, aposto que queimou tudo depois que a biscatinha saiu de casa, queimou tudo enquanto ela dava pruns três ao mesmo tempo, cacete em tudo que era buraco, hein, capaz até de terem metido nas orelhas, ela gozando, e gozando de novo, gemendo alto, de um jeito que ela nunca gemeu com você, pra você era santa, hein, mulher santa nem a tua mãe, se é que você tem mãe, só falta me dizer que tua mãe também viveu a vida toda aqui na cidade, aí já é demais...

Google voltou a rir — essa informação jamais constaria na versão final do relatório.

O intolerante saiu; era isso ou calar aquele sorrisinho na base do maxilar, ninguém saberia. Se bem que da última vez...

Foi o tolerante que o convenceu a deixar a sala.

— Você é um frouxo! Um frouxo, tá ouvindo?

— Se acalma, toma uma água. Vai lá fora, respira.

— Tô respirando. Igual esse merda aí dentro. Respirando e rindo, o palhaço.

— Você vai acabar suspenso. Capitão tá doido pra te mandar de volta pra Santana do Arrependimento, você sabe.

O viúvo (três vezes em menos de três anos) bufava; socou o punho fechado na parede, os ossinhos de memorizar mês, janeiro 31, março 31, maio 31..., socou-os três vezes. Sangraram.

O solteiro suspirava. Em silêncio, sacou a caderneta e a caneta do bolso: Felicidade / nunca visitou outra cidade ponto de interrogação / parênteses nenhum carimbo parênteses / nasceu aqui ponto de interrogação ponto de exclamação / nasceu aqui ponto de interrogação ponto de exclamação / casa - Jardim Euforia - único endereço conhecido - pai e mãe - desconhecidos / ex-namorada ex ex ex namorada ponto de exclamação ponto de exclamação ponto de exclamação / quem ponto de interrogação / nome: / endereço: / cabelos: / olhos: / pele: / idade: / altura: / peso:

— Fica aí. Já volto — o barítono frustrado, dispensado pelo Coral Municipal de Felicidade aos nove anos, atravessou sozinho para dentro da sala.

O desafinado não teve tempo de ser ouvido pelo parceiro: — Vai onde, merda? — Fitava a própria mão, tentou limpá-la com a esquerda. Espalhou mais. Esfregou na calça, enrugava o rosto. Lambeu a mão até sumir todo o vermelho. Distinguiu os rabiscos sem a pele que o reboco tinha levado. Olhou para o relógio, pregado sobre a porta da Sala de Desconforto Nº 12. Discutia com o tempo. O colega entrara fazia tempo, mais que o necessário. Bufou mais, bufava sem parar. Levantou-se, preparou uma nova pose, de gladiador, outra das que já havia treinado. Estufou o peito, andou até a porta, metia a mão na maçaneta, ia entrar mesmo que isso custasse o sucesso de seu colega.

Foi só baixar a maçaneta que o ingênuo saiu, tão rápido que trombou sem ver o peitoral do ardiloso. Caiu no chão, dessa vez sozinho. Mirou o tórax do colega com uma cara de quem achava que o parceiro andava exagerando no anabolizante.

— Fazendo aí?!

O abstêmio ajudou o alcoólatra a se reerguer.

— Descobriu alguma coisa, gênio?

— Acho que agora sim.

O "gênio" fez suspense, passou a assobiar um suplício mal ensaiado de Berlioz, do pouco que conseguiu apreender das aulas de violino no conservatório. O "estúpido" fechou a mão em punho; aparentava pouca paciência para seguir no papel de violoncelo.

— Fica calmo, olha o capitão!

Houve um rosnado.

— Seguinte: ele matou a ex-namorada, que era namorada, e agora não é nada, nem ex nem namorada.

— OK, e o que tem isso?

— Nada, nada, eu sei. Essa foi só a pista. Podia não levar a lugar nenhum? Podia.

— Irrelevante isso! — o orgulhoso era só orgulho: treinara essa frase durante meses, e finalmente achava o momento adequado para usá-la.

— Sim, mas o cara só mudou a cara quando você falou em ex-namorada lá dentro.

— Um palhaço!

— O problema é que você exagerou. Foi muito pra cima. Aí ele recuou.

— Verdade. Mas no relatório, coloca que fui eu, eu que desmascarei o cara. Faz essa. Sabe, né? Tirar o Capitão do meu pé.

— Tá bom, tá bom — o modesto era só modéstia.

— Mas e aí? Como foi que ele abriu o bico?

— Não abriu.

— Como é?

— Ele não falou nada, só falou que matou a esposa.

— Esposa? Não disse que era namorada?

— Eu disse isso? Ah, então era namorada.

— Tá, mas isso não leva a lugar algum.

— Ô se leva. Um cara desses, que fez uma coisinha dessas, tem que ter passado pelo Baixio das Culpas antes de chegar aqui.

— Não!

— Sim!

— Mas ele disse isso?

— Não disse nada.

O descrente coçou a cabeça três vezes, sozinho. Espremeu os lábios, pronto para dizer "Mãe!" ou "Merda!". Não deu tempo. O crente se adiantou.

— Agora a gente tem tudo que precisa pra dizer que o cara chegou aqui depois de vir direto do Baixio, sem escalas. É circunstancial, entendeu?

— Difícil de acreditar. Quantos desses você conhece?

— Na história? Uns dois ou três, talvez.

— Que vieram direto do Baixio aqui pra Felicidade? Nunca tinha ouvido falar.

— É difícil, mas tem. Todos condenados. Eu fiz os relatórios de todos. Acho até que um deles está vivo ainda, lá no Rio Grande.

— Qual deles?

— O da Solidão, eu acho.

O careca sorria.

— Qualquer juiz vai achar um absurdo o sujeito pular direto do Baixio pra cá. Imagina! Sem ter passado por Favorelândia ou, sei lá, Santa Cruz do Remordimento? É cadeia direto!

— Tá, mas e se o cara nasceu aqui mesmo?

O de topete zombou.

— Você que veio com essa antes!

O sereno fez o que sempre fazia com os olhos. Era o sinal de que a investigação estava a caminho da solução.

— E o passaporte? Tá em branco, o cara não tem nada.

— Isso tá fácil. Tenho um amigo lá no Baixio. Meu carcereiro naquela fase, lembra? É falsificador de primeira. E me deve uma.

— Não vai dar sujeira?

— Nada. É isso ou o Capitão! Santana do Arrependimento? Tô fora.

Os justos saíram juntos, pelo corredor que levava para fora da Seção de Desconfortos. Iam até a barraca do Finito, antes de concluírem o relatório. Já era tradição: pastel e garapa para comemorar um caso resolvido.

MARIA APARECIDA SILVA (DOS SANTOS)

Ah, Dona Marília, nem acredito: eu aqui, dando entrevista pra Senhora. Se o pai fosse vivo... Falava que pobre, se aparece na televisão, ou é porque morreu ou tá pra morrer; ou porque tá pra ser preso, que pra pobre é tudo a mesma coisa. Às vezes falava coisa que prestava, só às vezes. Maioria era pra esquecer: acredita que falava que eu tinha problema? Que eu era de ponta-cabeça, que eu vivia com o pé nas nuvens, nas quimeras, na fantasia? A Senhora acredita?

Pode pedir, Dona Marília.

A Senhora quer como então?

Marília, só Marília? Ih. É educação, sabe? Lá em casa, a casa que eu morava de criança, não a de agora, lá em casa faltava tudo, até amor. Só não faltava trabalho nem educação.

Essa é boa: ninguém é senhor de ninguém, Dona Marília? Nem sei de onde a Senhora tira essas coisas. Nunca vivi sem senhor. Nem nunca vi ninguém viver. A Senhora vive?

Mas isso não é mudar de assunto não, a Senhora é que pensa. Minha infância não teve nada demais, foi aquilo: sou caçula de sete, nasci, já tinha seis senhores no cangote, mais a mãe e o pai. Mas daí tem que descontar o Romélio, que aquilo sim era irmão de verdade. E a Rosa, também. Criança em casa só não tinha mais senhor nessa vida que a mãe, que essa não era senhora de ninguém no fim das contas.

O pai. Bom, o pai era senhor de nós e da mãe e de tudo que ficava da porta pra dentro. Quase tudo: tinha a Vó Crespinha. Era ela olhar pra ele, da sombra daquele pano sujo que ela não tirava da cabeça, e ele baixava a crista. E ela nem crista tinha; eu nunca nem vi como eram os cabelos da Vó. Pra nós, ela já tinha chegado no mundo com aquele lenço encardido, a cabeça marronzinha de jabuti.

Nasci aqui não, vim de Santa Maria Egipcíaca. É longe. O nome de lá é de santa, mas o sol é do capa-verde. Do ca-pe-ta. Deixa eu falar de novo: do ca-pe-ta. Desculpe, é que eu gosto tanto de poder falar isso, Dona Marília. Lá em casa, se falasse demônio, capeta, diabo, vinha logo um limpa-orelha de mão aberta sem aviso. Mas não tem outro dono aquele sol, aquilo não era deus, era um sol que ficava fumando a gente o dia inteiro; velho e criança, não fazia diferença. Era a gente se enfiar na enxada pra ficar esfumaçando ali, enquanto ouvia o boi emagrecendo. Dava pra ver as galinhas roufenhando, umas magrezas de carne que não serviam nem pra sujar a caçarola.

Chover chovia pouco, só nos dias que deus queria dizer que o terréu ali era dele, pra não dar o lugar assim de usucapião pro diabo.

Mas se até o poço secou, Dona Marília, como faz? Uma vez eu vivi seis anos pra mais sem chuva. Não faz essa cara que a Senhora não sabe como é. A pura verdade. Não vinha água nem de cima nem de baixo. Cresci só do leite mirrado que sobrava na mãe. A água fazia a vontade de deus, assim na terra como no céu, se esquecia da gente. Como se a gente fosse pedra, não gente. Aí tinha de ir buscar no rio, duas léguas pra mais, rezando pro rio não ter secado também. Iam a mãe e o pai, arrastando junto os mais velhos dos meus irmãos: o Joca e o Romélio. Eu fui uma vez, porque a Vó Crespinha obrigou a mãe a levar: menina chata, fica chorando até que faz azedar os avoengos da gente. A mãe me levou, eu de um lado, as duas latas vazias no outro braço, mais a trouxa da roupa pra lavar. Desse dia eu só lembro que chorei sem parar, mesmo que não tivesse água nenhuminha pra vazar de mim; a pele ardia de tanto couro que o demônio fumava da gente. E ardia de medo de arder mais, da brabeza que a mãe e o pai tinham, que só me mandavam calar a boca, parar de chorar. Romélio foi o único que não me mandou ficar quieta, eu lembro. Ele nunca mandava. É meu irmão, nunca quis ser meu senhor. E lembro do rio, depois de tanto andar. Aquele rio era mais gente que a gente, Dona Marília; ele pelo menos era argila. Era quase que nem nós mas não era, porque não tinha ainda ficado todo seco e rachado. Romélio me pegou nas carapinhas, carinhoso: o rio não é assim, melado; tá é doente. A água era barrenta, grossa, cor de jabuti, igual à Vó. Me joguei nela, na água, mesmo assim. Não lembro como voltei. Talvez tenha sido no cangote do Romélio, mas aí ele tinha que ter carregado eu mais as duas latonas de água atravessadas de tora no ombro. Não lembro.

Ou bebia ou morria, nem tinha o que escolher, Dona Marília. A gente fervia. Era escura, mas de água ninguém morria. Aí tirava um tanto pra cozinhar uma macaxeira estreita; e outro tanto pro banho, que ia lavando todo mundo, começando pela Vó Crespinha, até terminar no Romélio: ele, que era pra ser o quinto a usar aquela água com a sujeira dos outros, começando sempre dos mais velhos, trocava de lugar comigo, acredita? Eu fiz de tudo pra acreditar em deus, Dona

Marília, e hoje eu creio, eu creio mesmo que se deus existe, ele tá me esperando em Egipcíaca: Romélio nunca saiu de lá.

Porque não quis.

Quase ninguém mais ficou: a Vó morreu, o pai morreu, a mãe adoentou pra sempre. Têm lá agora o Romélio e a mãe, um poço mais novo, que o governo furou pra ajuntamento de sertanejo, mas mesmo assim o Joca fugiu; da Rosa ninguém nunca mais soube — o pai sempre dizia que a Rosa ia pra vida, e ela foi, montada numa garupa de jegue, que teve quem dissesse que era moto; a Romilda e o restinho das minhas irmãs subiram o rio, se meteram pra Juazeiro, não quiseram aprender o beabá pra não precisar escrever de volta, nem memorizar o endereço.

Eu? Mal sei escrever meu nome, Dona Marília. Mas se a Senhora quer saber, eu vou voltar pra lá. Não tenho mais aonde ir. Tô decidida e tô indo é agora, daqui a pouquinho.

Daqui não levo nada, não. Só umas roupas, nem um dinheirinho mirrado eu tenho. E levo esse chifre de unicórnio aqui, única coisa que tenho de minha mesmo.

Não acredita, né? O Santinho também não. Foi acreditar só no último segundo. Foi só ele ver e: Cidinha, tô te avisando. Foi a única vez, eu acho, que ficou lá, só avisando.

No começo, o Santinho também era ruim, mas era um ruim diferente. Falei do unicórnio pra ele só uma vez, pra nunca mais. Nem casada eu era ainda. Ele se avermelhava, ria, se encharcava. Se ainda fosse assim; ultimamente, se ria pra mim, era de desdém. Tava cada dia mais parecido com o pai, o meu pai, não o dele, só que o pai era melhor: tinha umas coisas que acreditava pelo menos: no lobisomem; no Labatut: desse tinha medo, até tinha visto ele uma noite, quando foi na lavoura atrás de catar uns mandarovás que desandavam roendo as macaxeiras. Já tinha catado uns dez,

122

uns miúdos, uns nem tanto, e aí encontrou uma lagartona, dessas que varam de tamanho a mão da gente; ele puxando com força e a lagarta não largava da maniva, roía, roía, e roía, e o pai concentrado no desagarrar, tinha até levado um facão, até tentado enfiar o fio da faca por baixo do bicho, tentando arrancar ela da folha, perninha por perninha, disse até que dava pra comer de tão grande que ela era, como se a gente fosse de comer lagarta. Os joelhos já doíam, os dele, quando tinha conseguido desagarrar metade da lagarta gigante. Foi só levantar pra descansar os joelhos e bateu as vistas na criatura. Largou pra trás o facão, os mandarovás, os agarrados e até os desagarrados que já tinha enfiado no saco, e voltou, tocado corrido pra tapera. Nem olhou pra trás, disse que não viu direito como era. Que viu só um olho sem par, e o resto tudo escuro. Eu nunca tinha visto, nem nunca mais vi, o pai desbotado daquele jeito. Ele passou pela porta, a gente tava se amontoando pra dormir, e ficou repetindo, um por cima do outro, babando: é destino, é destino. Vó Crespinha disse que era desatino, isso sim; ficou nessa zombaria até o fim da vida dela. O Joca disse que era uma queixada de olho vazado, mas na frente do pai disse só uma vez. Da gente, o Joca não tinha medo, e então ficava repetindo todo dia, que o pai se cagava por qualquer queixada, e que ninguém nunca nem mais achou o tal facão que ele perdeu no mandiocal.

Ora, Dona Marília; sei lá por que ele não acreditava em unicórnio. Vai ver os outros bichos são bichos de medo, e unicórnio é só bicho de espanto. Porque o pai tinha era medo que os outros perdessem o medo. Deixou de ser o senhor da casa uns dias antes de o Joca ir embora, e depois deixou de dar medo na Rosa, na Rosálida, nas meninas. Cidinha, tô te avisando, ele falou na primeira vez que fui contar que tinha visto o unicórnio. Avisou, eu não escutei:

vieram os fecha-venta, os limpa-orelha. Não me arrependi. Continuei saindo bem de noitinha, aprendi a pisar manso pra não acordar a montoeira de gente dormindo, eu tinha sorte de noitar do lado da porta que dava pro pátio.

Era branco, ué! Que outra cor teria? Se a lua tivesse cheia, ficava prateado. Já viu a lua do sertão? Não é essa lua daqui, que se bota gorada atrás de prédio, envergonhada. Lá em Egipcíaca, ela prateia até o homem mais barrento; é o jeito que o demônio tem pra admirar de noite o estrago que ele mandou o sol fazer o dia inteiro. Era grande, dava pra ver cada musculozinho escondido na pelagem. E não vinha só na cheia não; vinha na minguante, na crescente... Mas vinha quando queria, não adiantava sair chamando. Tinha dia que eu saía à toa, e ele, nem sinal. Mas quando vinha, se acercava de mim, sem ruído, nem mesmo o mínimo da respiração. Bicho descrido, besta descrida. Não era meu, nem nome tinha. No curral de casa não cabia; e lá, preso todo dia, eu que não queria. Não queria ser senhora de ninguém. Só de mim, se desse.

A crina era branca também, branquinha. Lisa, igual um cabelo feito no ferro, alisado. E tinha a barba, uma barba de bode.

É, de bode. Ninguém nem sabe que o bicho, pra ser o bicho mesmo, no duro, tem que ter essa barba de bode. Eu sei. Era igualzinho ao que tinha na revista, só que era maiorzão. O da revista era mais miúdo.

As revistas que os caixeiros deixavam de presente pras crianças, ué. Mas só deixavam quando conseguiam fazer o pai entrar no crediário. E era difícil, porque o pai nunca comprava nada. Só pra Senhora ver: a gente tinha só duas revistas, e tinha que dar pra sete crianças — cinco, porque o Joca e o Romélio nem eram mais criança, não queriam nem folhear. A minha, a que tinha a moça com o unicórnio no colo, já estava toda picotada: a Rosa tinha pegado pra ela umas fotografias de mulher com roupa curtinha, só de calcinha branca e uma coisinha justa em cima. Rasgou até uma que ficava justo em cima da fotografia do unicórnio. Ela queria aquelas só pra ela, queria esconder do pai e da mãe. Mas a Rosa foi tão descuidada que rasgou um pedaço da cara da moça que cuidava do unicórnio na foto de baixo, na parte da revista que era minha. Depois disso, ficou sendo a moça sem olho, igual à queixada que tinha metido medo no pai. Não dava nem pra saber se a moça da revista, caolhita, gostava ou não do unicórnio achegadinho no colo dela.

Mas é claro que foi mais de uma vez, Dona Marília; mais de cinquenta, com certeza. Vinha todo mês pelo menos uma vez, na lua cheia. Às vezes vinha mais. Não lembro a última noite que veio. Mas lembro quando não veio mais.

Foi na noite que…

Na noite que o Santinho me roubou o silêncio do meio das pernas. Eu desaprendi tanto naquela noite. Desaprendi o pouco que sabia de amor. De esperança, de sonho. O pouquinho que tinha de senhora, o pouco que tinha de mim. Fiquei sem escolha, Dona Marília: casamos, eu e o Santinho.

Isso não existe, Dona Marília. Tinha que casar. O pai me expulsava de casa e eu ficava como? Eu não era a Rosa, nunca quis ser. Eu tinha só uma vontade: de morrer santa, morrer virgem, de fugir montada no unicórnio, de conhecer lugares que não eram de deus nem do demônio, de ser só.

Foi horrível. Nunca se viu casamento mais horrível em Egipcíaca. Nem chover choveu, acredita? Foi num ano que passou sem inverno. O pai se satisfazia do único jeito que sabia:

as mãos penduradas no cós da calça, procurando o olhar dos vizinhos, de queixo nem alto nem baixo, exibindo a comida, o conjunto de sanfoneiro e zabumbeiro que ele mandou chamar da cidade. A mãe nem ria nem chorava; do futuro a gente só espera, não pode sair nem rindo nem chorando. Todo mundo perguntando onde eu ia morar, se era ali perto ou pros lados de Juazeiro; e Santinho respondia: nada!, é pra São Paulo. Falava em oportunidade, que não queria ser caixeiro, caixeiro era o pai dele, que tinha vendido umas panelas usadas e um lampião furado, no crediário, pro pai e pra mãe.

A primeira vez que ele foi em casa foi um dia que ele veio no lugar do pai dele, que tava de cama na pensão da cidade. Veio pra cobrar o pai e a mãe da parcela do crediário. Eu, montada na cerca, tentava consertar a saia da boneca de palha que o pai tinha pisado em cima uma noite antes. Já tinha debulhado uns milhinhos magros pra mãe cozinhar. Eu queria ficar quieta; tinha ficado de boi antes de ir deitar na noite de antes daquele dia, o sangue me melando as coxas, achei que tava morrendo, Dona Marília!, mesmo que a Rosa viesse me avisando que ia ser daquele jeito, e eu sentindo a dor sem falar pra ninguém, e chorei, chorei tanto que o pai veio de lá do pátio reclamar da choradeira, mesmo que a Rosa tivesse me avisando que o pai ia fazer aquilo se eu ficasse chorando, fez isso com ela e com as minhas irmãs quando ficaram de boi a primeira vez, mas chorei, e o pai pisou na minha revista, que naquela época era só minha, as fotos e os buracos das fotos que a Rosa rasgou, e pisou na minha Romelinha, minha boneca de palha, que ficou magrinha, mais magrinha que eu. O Romélio veio e levou o pai pra fora, e eu fiquei lá, fungando, tentando parar de fungar, esperando todo mundo dormir. Queria mais era ver o unicórnio. Mas não deu: caí no sono, amassando o braço da Rosa. Eu ainda tava fungando no dia seguinte, empoleirada no mourão da cerca, tentando trocar a saia espostejada da Romelinha, quando veio aquele homem, mais velho que o Joca, achava até que era mais velho que o pai: boa tarde!, respondi por educação, só não queria levantar a cara; ele continuou: seu pai falou que você é a mais nova, eu não respondi porque aí já não era caso de educação, que você nunca saiu daqui da roça, que você é a mais quietinha da casa, e aí eu quase achei graça porque a mãe era mais quietinha que eu, mas nem por isso deixei de ser quietinha, gosta de boneca, né?, gostava mas continuei quietinha, eu vou trazer uma boneca de Juazeiro pra você, uma boneca linda, cheia de cetim, que abre e fecha o olho, branquinha, branquinha, dessas que parece bebezinho de verdade, e aí, finalmente, eu respondi, disse que o pai não ia querer, não ia pagar boneca nenhuma, e o homem: é um presente meu. E foi embora. Eu fiquei. Comecei a sonhar com essa boneca que abria e fechava os olhos, só não sonhava com o cetim porque eu não sabia o que era. O sonho era sempre igual: eu sentada no pátio, e começava a cair uma chuva, tão forte como eu nunca nem vi lá no sertão, e chamava o Romélio, a Rosa, mas eles não vinham, e a água subia, como se a terra seca não quisesse aquela água, e vinha pelas canelas, pelos joelhos, e chamei pelo unicórnio, pedia socorro, e via o unicórnio lá em cima, longe, pra lá da roça do Fernão, que já tinha desistido da roça do lado da nossa uns anos pra trás. Eu olhava pro unicórnio e ele não descia. E a água já me levantava do chão, eu começava a engolir água, e aí já sabia que aquilo não era água, batia os pés pra não deixar aquela coisa se meter pela minha boca, era uma água vermelha, pegajosa, e aí eu não conseguia mais bater os pés, ficava quase coberta pela água gordurosa, via com um olho só a boneca: a boneca, em cima do telhadinho da tapera, toda vestida de palha, porque eu não sabia como era cetim, a palha escapando pra fora dos braços, da saia amassada, era do tamanho da mãe, me esticando a mão do alto do cobertinho da casa, pra eu pegar e sair do açude vermelho, e aí ela esticava o braço e me pegava com o braço gigante, todo de palha, e me puxava pra fora do grude vermelho, e aí eu olhava direto na cara dela, debaixo de um monte de cabelo de palha, cabelo duro, querendo ver se ela fechava e abria o olho, se piscava igual bebezinho de verdade, e quando eu achava o rosto dela descobria a cara da Rosa, gargalhando.

E aí que eu sempre acordava, nunca nem vi o que acontecia no sonho depois de ver a carona medonha da Rosa, não.

Desse sonho, o Santinho não sabia, nunca contei. A boneca, só veio trazer quando eu já era bem mais espichada, uns dois, três verões depois. Foi nesse dia, Dona Marília. Ele veio porque o pai não conseguia ir pra cidade: tava de cama, uma terçã de dias que não passava. Santinho foi cobrar a última parcela do crediário. Chegou na hora da janta. O pai, na cama, disse que não tinha o dinheiro. A mãe disse que dava o lampião de volta e ficava todo mundo quitado. O Romélio estranhou o Santinho aceitar daquele jeito, sem reclamar: aí tem coisa, ele disse, quando o Santinho saiu dizendo que tava tarde pra voltar pra cidade, que ia acampar na tapera abandonada do Fernão. Era lua cheia, e eu saí atrás do unicórnio; deixei a Romelinha, que às vezes eu ainda levava comigo, e levei a boneca nova (que não era das que abria e fechava o olho, parecia um peixe). Não achava o unicórnio em lugar nenhum, estiquei até pra lá da cerca, nas terras cheias de raiz que o Fernão tinha deixado pra trás antes de sumir pra Juazeiro. O Santinho me viu ali, sozinha na roça abandonada do Fernão, tudo escuro, e só me disse: veio atrás de mim, bonequinha? Eu fiquei imaginando como teria sido se a boneca nova piscasse de verdade.

Casei, abençoada pela espingarda do pai e umas três surras que o Romélio deu no Santinho. E o cujo ainda dizia que eu é que fui atrás dele. O Romélio ainda deu mais umas duas surras nele depois dessa. O Santinho não era cabra de deixar dívida pendente: fez questão de devolver as surras que levou, só que em mim, todos esses anos.

Felicidade eu não sei o que é não, Dona Marília. Nem sei dizer se tô voltando pra Egipcíaca atrás disso. Felicidade deve ser igual a deus: acredita quem precisa. Eu não preciso, só não queria morrer de tanto apanhar. Só queria ter ficado quieta, desde o começo. Pra eu não ser mentirosa com a Senhora, vou dizer que nesses últimos trinta e três anos, fui feliz um dia, sim, um só: quando recebi a caixona e a carta do Romélio, chegou tem umas três semanas.

A carta? Eu já sou bem demorada pra ler as coisas, saí do EJA antes de acabar, porque foi só o Santinho descobrir que eu tava indo nas aulas pra mandar eu sair. Faltava tão pouquinho. E a letra do Romélio ainda... Pedia pra eu voltar pra casa, eu acho. Mandava dinheiro pra passagem e, na caixona, uma coisa que ele achou no meio do mandiocal, que dizia pra eu usar. Eu já sabia o que era, antes de tirar o montão de papel velho, fedido, que o Romélio usou pra embalar. O chifre do unicórnio, Dona Marília, do meu unicórnio. Solto, parecia a bengala de um velho que desistiu de andar; retorcido, trançado, do tamanho de um facão. Foi a primeira vez que toquei nele (antes, quando montava meu unicórnio, tinha medo de encostar e machucar o bichinho). Botei os dedos, de leve, sobre cada onda, cada voltinha que aquele chifre dava nele mesmo, uma corda que se entrelaçava em pedra, dura. Espetei o dedo na pontinha dele; era afiado de um jeito que não tem prego no mundo pontudo aquele tanto. Me tirou sangue do dedo. Trouxe o machucado até a boca, Dona Marília, e sonhei, de olho aberto. Sonhei o mesmo sonho, o mesmo lago de água vermelha, grudenta. Pela primeira vez, o sonho era diferente: não tinha boneca no telhadinho, não tinha palha, não tinha a carona escancarada da Rosa piscando pra mim. Não tinha unicórnio. Fechei o olho, o sangue do dedo se espalhando na minha boca. E chorei, porque só então me dei conta: se eu tinha o chifre ali comigo, não tinha mais unicórnio nenhum. Ele não existia mais. Foi então que soube o que era pra eu fazer.

Dona Marília, a senhora me desculpa a falta de educação? É que vou precisar sair. Já passou das nove horas. E esse ônibus não espera ninguém. E essa caixona aqui pesa que é um diabo, não consigo sair correndo com ela. O Romélio escreveu mais de uma vez na carta dele: se vier, não esquece a caixona aí, traz de volta.

Homem é encontrado morto em casa com mais de cem cutiladas

São Paulo — Um comerciante de cinquenta e oito anos foi encontrado morto dentro da própria casa, na Vila Alpina. A polícia suspeita que o homem tenha sido morto após seguidos esfaqueamentos. Até o fechamento desta edição, a perícia ainda não havia chegado ao local do crime; um dos policiais que esteve no local, e pediu para não ser identificado, afirmou à reportagem do *Vigia Público* que contou mais de cem golpes pelo corpo do homem.

A Polícia Militar foi acionada na tarde de ontem por vizinhos da vítima, que reclamavam de um cheiro forte vindo do imóvel. Ao arrombarem a porta, os policiais se depararam com uma "cena de filme de terror", segundo contou um dos vizinhos que acompanhou toda a ação policial. O corpo do homem, que no bairro era conhecido por Santinho e trabalhava com "comércio", foi encontrado estirado no chão de cimento da cozinha, os dois braços dispostos sob a barriga. Havia sangue por todo o cômodo, e se espalhava pela sala conjugada à cozinha, e ia até um pequeno banheiro. "Não era uma pocinha, não. Parecia uma represa de sangue, rapaz", afirma um dos vizinhos que esteve no local. Até nos raros utensílios da casa havia vestígios de violência. "Fui lá pegar uma panela de pressão que minha mulher tinha emprestado pra ele mais de um mês (sic), e ela tava vermelhona (sic) por fora. Parecia que tinha explodido de sarapatel."

O homem se mudou para a casa há cerca de dois meses, segundo informações dos vizinhos. Vivia sozinho. Era fechado, mal falava, mas passava por dificuldades financeiras, conforme relato de vários moradores. O delegado Lílio Nonsciunte, responsável pela investigação, diz que a Polícia Civil está empenhada na busca por familiares da vítima e que não descarta nenhuma hipótese. "Mediante o estado do cadáver, que foi muito violentado antes de ir a óbito e começar a apodrecer, não descartamos a possibilidade de uma vingança", afirma o delegado, que diz ainda não haver nada conclusivo sobre a arma do crime. A hipótese é que se trata de instrumento perfurocortante pontiagudo. "O indivíduo não devia ser boa coisa. Ninguém morre com mais de cento e vinte cutiladas à toa. Estamos investigando também que tipo de 'comércio' era esse com que ele trabalhava", afirma Lílio.

O *Vigia Público* segue acompanhando o caso.

ELE E EU

Estava gordo dessa última vez. Vai ver parou com a bicicleta; gostava tanto. Agora está um homem, um homem de cem quilos, se não for mais; um sedentário, preguiçoso, só pode. Dá para sentir, com dor, cada passada que dá. Uma mais devagar que a outra, se arrastaria se tivesse mais duzentos metros pela frente.

Dois anos antes, era uma proeza: pisava forte, mas era rápido, bailarino. Um esgrimista sem sabre: o que tinha de magrelo tinha de forte.

O que anda fazendo, como anda vivendo, eu não sei. O pai, a mãe, as irmãs são uma discrição só: o que falam de si e dos seus é da casa para dentro, e falam bem baixinho, como se ele não fosse também um filho meu, um filho da cidade. Quando perguntam dele na rua, a resposta varia conforme o parente: "Tá indo", o pai responde. "Tudo bem, tudo bem", se é a mãe. "Ééééé...", se é a irmã do meio, que essa só sabe ser eloquente nas caretas. Para a irmã caçula, não perguntam; é criança ainda.

Entre os amigos de infância, há grandes teóricos da vida privada. Ele geralmente vira o assunto quando começa a quarta rodada de cerveja. Catito não vem? Vem nada. Alguém chamou? Eu, não! — e essa resposta vem, invariavelmente, do rapaz mais alto e mais católico, ambos traços hereditários, da turma. Catito o apelidou de Círio de Nazaré, anos atrás, no portão de saída do externato, na mesma sexta-feira em que Belém e seu calendário católico foram temas da aula de ensino religioso. Desde então, Círio, abstêmio convicto, é o primeiro a se manifestar quando a conversa evolui para o incerto Catito. Com a calça e a calçada benzidas de Coca-Cola — é famoso o ataranto dos grandes remos que traz sob os ombros, mesmo sóbrio —, Círio já supôs que Catito estava morando na Cracolândia, que se prostituíra, que vendia poesia em porta de cinema. Os demais teóricos arriscavam alternativas: era vendedor de pipoca ou algodão-doce na mesma porta do mesmo cinema imaginário; quando não o deslocavam para os trens, nos quais chutavam que estava ganhando a vida com o comércio de milagres — o que, nos trens, pode tanto significar a pregação do evangelho quanto a venda da pomada da gordura de peixe-boi, que elimina do mundo a cãibra e o torcicolo. Se um dia Catito desse de aparecer ali, provavelmente não se divertiriam tanto.

Embora fossem amigos de infância, eram amigos de colégio, não da rua. Longe de mim ser vaidosa, mas quando era criança e vinha para fora, livre do colégio e de casa, não era com eles que queria estar, mas comigo, correndo a pé e de bicicleta sobre meus paralelepípedos, procurando e catando rãs na mata que eu ainda tinha de atlântica, trepando na torre da Light que um dia resolveram me chumbar na pele, e que Catito e o resto dos amigos da rua chamavam de Torre Eiffel. Queriam um dia chegar até o topo, para me ver quase inteira de lá de cima. Me lisonjeava o esforço.

Não era com Círio e os demais que o Catito criança se divertia. Era com Wesley, Maurílio e Chokito. Com eles, jogava o melhor futebol que jogou em qualquer campo, quadra ou rua que um dia construíram em cima de mim. Era jogador com mais vontade que talento, é preciso dizer. Ainda assim, fez sete gols memoráveis sobre estes paralelepípedos feitos de gramado, especialmente no portão de ferro da garagem da Margarida. Discutiu um dia com Wesley, discutiu feio, como não lembrava do golaço da semana passada?, deu chapéu e tudo, rolinho, ficou até a marca no portão, olha ali, bestão. Wesley duvidou, questionou, cê é muito ruim de bola, impossível, ameaçou não jogar mais. Sem Wesley não dava: a melhor bola para jogar era a dele, uma Topper perfeitinha, nem dura nem macia demais. Isso sem contar que Margarida poderia encrencar de ficarem chutando bola no portão dela; Wesley morava com a família no mesmo terreno, na casinha dos fundos — ou seja, metade da garagem era dele. Catito encerrou a discussão, entrou em casa, voltou em seguida com a bicicleta. Disse que ia até a torre da Light, que ia caçar perereca, que assim ganhava mais. Falou da amnésia de Wesley, falou uns palavrões com a autoridade dos dez anos que ainda ia completar. Montou na bicicleta de cabeça baixa, não olhava para o Wesley sentado no meio-fio, girando a bola com as mãos, na areia da rua. Achei que Catito falava comigo. Sim, porque eu lembrava do gol. E se tem uma coisa que entendo é de futebol de rua. Foi um golaço. Wesley é que era desaforado. Quando Catito meteu o pé para dar impulso no pedal, o desmemoriado gritou do outro lado da rua: quero é ver fazer de novo. Catito levantou a cabeça, a malícia rediviva. Largou a bicicleta. Wesley levantou rapidinho.

Era raríssimo vê-lo abandonar a bicicleta. Ia com ela pra cima e pra baixo, com ladeira, sem ladeira, com barro, paralelepípedo, asfalto — asfalto era raro naquela época, agora é que me asfaltam tudo que é rua. E eu aqui, sufocada.

Continuou pedalando até quando começou a trabalhar, no meio da adolescência. Corria, como se minhas ladeiras e paralelepípedos fossem um velódromo só seu, para chegar em menos de quatro minutos ao primeiro emprego. Quando voltava da videolocadora, a primeira daqui e também a última a se despedir, levava doze minutos eternos: no caminho de casa, as ladeiras iam todas para cima. O segundo emprego foi numa loja de discos do shopping, construído para substituir o único cinema da cidade. Ria mais, falava mais na época em que aqui era cinema.

Dessa última vez, sequer ouvi sua voz. Chegou à casa dos pais de carro, abriu o portão automático, entrou, fechou. A única coisa que ouvi dessa visita foi um choro de criança que escapou por uma das janelas decoradas de grades. Ouvi também uma voz de mulher que não conheço, que não é daqui. "E você aí, parado; pensa que é um reizinho", foi o que deu para concatenar do que dizia a desconhecida. Falava alto. Não se dirigia à criança nem ao mundo. Dessas coisas, mesmo eu, que não sei de tudo, que sou *non grata* dos muros e dos portões para dentro, entendo.

Pensava se a criança era dele. Pai assim tão novo? Casado?

Eu sempre torci pela Dani — não sei se era Daniela, Danielle, Danilsa; na rua, sempre foi Dani. Viviam em sintonia, pisavam juntos, compassados. Ele era todo presentes, declarações, em frente ao muro da casa dela. Não sei como era o acordo dos dois, mas no mesmo muro ela recebia outros rapazes, e nenhum presente, quando Catito não vinha. Duraram pouco. Ele descobriu. Ela, ao descobrir que ele descobriu, chispou rapidinho para dentro de casa, antes que ele continuasse. Ainda assim, continuava preferindo a Dani à Antonieta — essa tinha uma mania de judiar, com aquele salto alto, pisando firme. E melhor a Dani que a Alessandra, que se arrastava, só se arrastava, uma lesma babada. Até hoje.

Dessa última vez, achei que não o teria nem um pouquinho para mim, já estava conformada. Não acreditei quando veio até a calçada, o choro do bebê agora mudo, a mulher desconhecida agora muda. Catito se sentou no meio-fio, onde a casa fazia esquina — uma das minhas partes prediletas nesses meus quase cem quilômetros quadrados. O mesmo pedaço de calçada onde ele se lambuzava de goiaba há doze, treze anos, onde descaroçava ameixa e imitava passarinho, onde se impressionava com tudo, onde devolvia latido de cachorro de rua e atirava pedra no gato, principalmente no gordo malhado da rua de baixo, arqui-inimigo jurado. O mesmo pedaço onde beijou Melissa e, no dia seguinte, Tica, sem ter idade nem para beijar nem para Melissa; para Tica, então, é que não tinha mesmo.

O pedaço onde agora acendia o cigarro. Entristeci um pouco, torcia para que tivesse largado. Não por causa das quarenta e duas mil, cento e dezenove bitucas que atirou aqui, aqui e aqui. Não sou rancorosa, não com ele. Imaginei que ele tinha vindo até a rua para meter uma bolada escandalosa no portão de ferro da Margarida, ainda mais agora que ela não tinha como reclamar. Já vai para dez anos desde que a acolhi dentro da minha terra.

Sentado de frente para a rua, quase de frente para o portão de ferro, Catito tragava o cigarro. Suspirava. Arqueou as costas, mais ainda, deixou a cabeça pendurada pela nuca. E, em vez do fumacê, veio uma gota. Não era chuva, veio sozinha. Era excesso de muco, coriza pura. Era lágrima.

Eu me desesperei. Não sabia chorar, para poder chorar junto. Não sabia sorrir. Fiz um esforço tremendo, porque nem falha geológica eu tenho, placa tectônica muito menos. Mas me concentrei, me concentrei, sem achar que ia conseguir, até que fiz vibrarem duas pedrinhas, quase nada, que estavam coladas no bico do tênis dele, tênis mole. Achei que havia sido à toa tanto esforço.

Catito finalmente olhou para mim. E sorriu um sorriso que durou só um pouco mais que o cigarro. Dessa última vez, não atirou a bituca em mim. Levou-a para dentro.

Passaria a vir mais vezes, semana sim, semana não. Às vezes encurtava e vinha toda semana. Sentava, olhava, sorria. Fumava, teimoso. Em uma das vezes traria o bebê até o meio-fio, para ensaiar umas passadas ainda vazias de história. Pesadinho, o menino. Nesse dia não fumaria. A voz da mulher desconhecida não viria junto. Nem uma só vez.

PROMETEU

> *"Xícaras. Cigarro e fósforo. Poltrona, livro. Cigarro e fósforo. Televisor, poltrona. Cigarro e fósforo."*
> Ricardo Ramos

Palito, um palito, palito, dois palitos, palito, três palitos
    Palito. Quatro palitos.
    Cinco palitos.

    Onze palitos.
    Vinte e três palitos.
    Trinta e sete palitos.
    Um carro, buzina. O zunido. A estrada, moleque! O grito.
    Cento e nove palitos. Palito.
    Cento e dez palitos. Palito.
    Cento e onze palitos.
    Dois carros, buzina, dois zunidos. Só um grito. Igual, o grito.
    Duzentos e setenta e sete palitos.
    A linha. Branca. Infinita. Tinta infinita.
    Pedrisco. Driscos.
    Duzentos e noventa e nove palitos.
    Asfalto, quente, cinza, da cor do chumbo. Quente, um calor. A mochila, pesada. A costura, aberta. O caderno, a espiral do caderno; pontuda, minhas costelas.

Trezentos e noventa e nove palitos.

Palito, rua, rua não, estrada, estrada?, a distância em palitos, de fósforo ou de dente?, de fósforo. Carro, mais um carro; o asfalto infinito, faixa amarela não, só para carro, moto, ronco da moto, ronco alto muito alto dolorido no ouvido de tão alto, sem choro agora, a moto, faixa branca infinita, sempre do lado de cá do acostamento, lado de lá só para carros, o asfalto, [espectro], carro mais um, Sol mais um, calor, água, Sol, Sol, asfalto, suor, Sol, Sol, Sol, a linha branca sempre, [espectro?], meu amigo, amigo, eu?, risada, risadas risadas risadas, amigo?, um retardado você, carro mais um, [espectro?!], médico, a lágrima, água, palito, água, nadinha de água, asfalto, amigo, eu?, médico, palito, calor, água, água, água, [espectro], o psiquiatra, a lágrima, a água, [transtorno], [autista com certeza], o psiquiatra, água água água, [fogo], [incompreendido], [fogo-incompreendido], [autista], a lágrima, calor, [fogo incompreendido para sempre], a lágrima, o suor, mais lágrimas, quilômetros?, risadas risadas risadas, quilômetros não: palitos, palito de fósforo ou de dente?, lágrimas, risadas, palitos.

— A distância toda, seu retardado.

— Distância em quilômetros?

— Não, moleque! Distância em fósforos. Palitos de fósforo, retardado!

Risadas risadas risadas.

Novecentos e noventa e um palitos.

Carro. A buzina?

Carro lento. A buzina?

Carro parado, a buzina? Porta? Porta do carro, batida.

Carro grande, sapato barulhento, um, dois, tinhec-tinhec-ti-nhec, dolorido no ouvido, pedriscos com sapatos, tinhec-tinhec--tichiu, a sombra, grande. Sombra de homem grande.

— Murilo?

Murilo, eu, eu mesmo, treze anos, 27 de agosto de 2008, parabéns, obrigado, parabéns pra você, rá-tim-bum-Murilo--Murilo-Murilo, obrigado não, palitos, palitos, palitos, mil?, mil e um?, mil e…?, não, Murilo, palitos, eu, eu mais palitos Murilo treze anos, novecentos e noventa e um, rá-tim-bum--Murilo-Murilo-Murilo…

— Ô, Murilo?!

Homem, a sombra de homem, cabelo branco, roupa branca, pele branca, todo branco, tudo branco, igual à santa no altar da casa depois das lágrimas, a santa e as lágrimas desde a visita ao homem todo branco, bigode branco, carro branco, velho branco, branco conhecido, conhecido velho branco bigodudo. Médico, neurologista, psiquiatra? Psiquiatra. Psiquiatra! Lágrimas, mamãe, gritos, papai, mamãe-papai, lágrimas-gritos, mamãe-lágrimas, papai-gritos-lágrimas, família-lágrima.

— Por quê?

O psiquiatra, a sombra do psiquiatra.

— Estrada. Em palitos. De fósforo. A distância toda.

Murilo, a linha branca, sempre do lado do acostamento.

— Licença, seu médico doutor neurologista psiquiatra.

— Meu Deus! Molecada infernal! Que castigo!

— Castigo, não. Não, não, não, não, não. Amigo, pedido de um amigo.

— Amigo?

— Licença, por favor, obrigado, seu médico doutor.

— Que coisa! Que absurdo! Seu fogo, incompreendido. Você, meu Prometeu!

— Prometi, sim! Para o amigo. Prometi, o meu amigo.

Novecentos e noventa e sete palitos…

FAZ FALTA O DR.

E deu dois passos para trás. Era o fim dos horrores, os horrores do fim. E olhe que, jamais — jamais! — considerara matar o Baal, jamais, guarda-Morte, guarda-chuva não é só para chuva. E Morte não é só para, não, não é. E tinha tudo de romântico o plano, mas foi gótico-apoteótico o fim. Eeeeee. — Li-<u>CEN</u>!-ça — quarta vez que pedia, ninguém atendia. — E que povo mais besta fica no caminho vê uma aglomeração fica moscando tem gente aqui querendo pegar o trem para trabalhar, bando de curioso vagabundo curibundo vagaoso, vaza. — — E? — Eeeeee… bilhete na minha mão é três, lá dentro é quatro e quarenta, veja bem.

Veja bem, vendia na entrada, antes das catracas, antes dos seguranças, ali, na cara dura, na entrada onde se lia SAHIDA, enigma nunca solucionado, a relíquia, vinha direto de 1800 e qualquer coisa (ou 1900 e bem pouquinho, que a gente finge ser 1800 porque assim dão mais valor, é cidade turística, por que não? Porque sim!)

SAHIDA ☞

, escrito assim, assim. Mesmo! tudo maiúsculo com essa, essa, essa mãozinha esculpida na placa de cobre aço metal impossível saber só de olhar. Chama a perícia! Maiúsculo mesmo, que hoje é grito. Hoje é tudo GRITO! e com H, de quando a língua era galega, mais, bem mais que só portuguesa. E antes da carta. A carta, Pero Vaz. Já escreveu SAHIDA, Pero Vaz? Não, só entrada, El Rei Dom Manuel valoriza-nos bem quando das entradas, tanta recompensa. E...

— E é por isso, por isso, que país, que país é este, este não vai pra frente, se trabalhasse em vez ficar por aí

moscando

Mosca ainda não! Só as que já estavam ocupadas com dejeto

resto pipoca resto

de salsicha com gosto de

salsicha mesmo quando é salchicha salchicha,

não, só salchicha nada de purê milho? milho pra quê? ervilha? ah vá se fo*** fo fo Foi com guarda-chuva. É? É. E? E? e na cabeça, molinha, moleira não é coisa de criança só. O horror, o horror é crime. Inafiançável, tem lei pra isso. Morreu?

Mor

    r

     e

      u

       réu, réu primário, nunca fez uma coisa dessas antes, meritíssimo. Não faria mal para uma Mosca só vem mesmo depois do rigor mortis como sabe? queria ser veterinário, veterinário mesmo o dinheiro não dava, resolvi ser enfermeiro, faculdade mais barata tinha crédito dez anos para pagar mas ia me formar não fosse a agorafobia aí fo fo fo tudo. **WATCH YOUR LANGUAGE!** fo, não se deve falar assim no tribunal ou se deve? **LANGUAGE, KID.** Sorry, sorry, muito sorry, sorria você está sendo filmado, tribunal não deixa passar nada, Dona Regina já dizia, Regina de rainha,

rainha da razão. Agorafobia, conhece? Fobia, sim. Agora?
Agora só vejo filme, série, Netflix, Agorafobia, Você é capaz?

Capaz de adivinhar o título do filme?
O título do filme só pelo
título que o mesmo filme recebeu em Portugal?
Portugal? É capaz? Você?

Título em Portugal:
O Padrinho
Título no Brasil: (<u>oãfehC</u> <u>osoredoP</u> <u>O</u>)
Você acertou! +50 points.

Título em Portugal:
A Mulher que Viveu Duas Vezes
Título no Brasil: (<u>iaC</u> <u>euq</u> <u>oproC</u> <u>mU</u>)
Que peninha! Você errou. Zero points.

Título em Portugal:
**A Rapariga que Sonhava com uma Lata de Gasolina e
um Fósforo**
Título no Brasil: (<u>ogoF</u> <u>moc</u> <u>avacnirB</u> <u>euq</u> <u>anineM</u> <u>A</u>)
Que peninha! Você errou. Zero points.

Título em Portugal:
O Homem que Veio do Futuro
[*Nota: a equipe do Movie Ben-Kissi Quiz
não se responsabiliza por eventuais spoilers.*]
Título no Brasil: (<u>s c</u> _ <u>M</u> _ <u>d</u> <u>t</u> <u>n</u> <u>P</u>)

Jogo no celular não serve para Nada é mais importante do
que Você já deu um abraço no seu filho Hoje é tudo GRITO!

Dr. Ruffato, psico do lado de lá, não do lado de cá, veja bem, Dr. Ruffato, número não está salvo nem como Ruffato nem como Doutor nem como psicólogo não está salvo na agenda nem como nada. Nunca salvou, falta ver o histórico, as ligações recentes, o número não está lá mas quem garante? tem semanas que não liga pro consultório, a Kate secretária gostosa gostosa assim não é, mas pra quem tá na seca, entressafra, estiagem tá vale

Mãe celular	07:21
0303 000-1113 Brasil	07:03
(011) 4395-2510 São Paulo	06:52
0303 728-5022 Brasil	06:11
Mãe celular	06:03
Mãe celular	05:47
Mãe celular	Ontem
Mãe celular	Ontem

Mãe celular	Ontem

0303 403-6118 Brasil	Ontem

Mãe celular	Sábado

Nunca salvou o número. O do consultório, sempre que precisar. Ah, o celular o doutor nunca dá para os pacientes, já sofreu ameaça de morte até. Ah, Kate. Ah, Valério. Ah, Kate, e se for uma emergênss Emergência o quê? Me poupe vai tentar o quê? Se matar? deixa de O celular nunca dá, nunca salvou, me salva, Dr. Ruffato, me salva, o senhor sempre sabe o que fazer, eu vou preso, Dr. Ruffato, é um demônio, ele tinha de se defender: legítima defesa legítimo ataque! De legítimo isto aqui não tem nada, concorda?

E se ligasse, Dr. Ruffato diria o quê?

— **Me conte o seu dia, Valério** — de todas as perguntas, a pergunta do dia, a primeira do dia, sempre, todo dia, uma vez por semana, das 17h10 às 18h, quatro anos enquanto deu sem cheque especial; especial, sei!

(valores em reais)
150,00
depois 200,00
depois 250,00
depois 300,00

depois depois, tudo bem, mas o senhor ainda não está de alta, senhor Valério.

Me conte o seu dia? Conto, conto sim!

— Hoje tá fácil, não aconteceu tanta coisa assim, dia começou cedo.

— Hoje não tá fácil, o dia começou.

Hoje é GRITO! SAHIDA, com H, à moda antiga, de quando depressão não era Doença assim era caso de Tudo era manicômio. Não tinha saída quando SAHIDA ainda tinha H.

Tá doido, o bichinho, varrido, uma paulada dessas? No bichinho? Bichinho, vira-lata não pode, bicho é tudo gente agora, não é mais bicho. É PET! **Fobia é medo não do objeto, não da coisa, entende?** O problema da fobia está em quem tem a fobia. fo fo fo. Valééério, éééééé? É'sim, Kate seu nome mesmo? E que, e que coisa! Nunca vi valério homem com H só Valéria mulher. Doutor Ruffato, é o

demônio, **Valério**

cramulhão, **Valério**

capeta, **Valério**

sete-peles, **Valério!**

ordinário enxofre nos dentes queimada nos olhos, de fazer cruzar a rua para a outra calçada. Hoje não vai atravessar. A rua. Decidiu, encarei meus, maldita canção da Disney, meus medos, não é isso, nada disso, é fo, não é a coisa em si. Não ligou para o Dr. Ruffato, Vai sem Dr. mesmo, só a ligação fica uns **400**tinhos

, capaz.

Contando o seu dia, daqui para trás, tá fácil, acordou tem pouco tempo, essas coisas têm de ser pela manhã, os milagres da manhã, li num livro, Meu filho, não fica com medo, ele não morde não não morde arreganhou os dentes grauduaugrau grauduau grau dau auauau auau au. Aqui é onde vive o nove, nove círculos de inferno espremidos num bicho, tingidos de caramelo, mais de dois anos que encrenca com Valério, será cheiro? hormônio? energia ruim? olhar atravessado? inimigos de outra vida

vou Largar o dirceu [   ] ai, só me enche o
Saco, menina [   ] acredita que ele foi lá na
porta da Loja perguntar? por que é que não atendi [   ] é
[   ] quem que Aguenta? homem desses
[ ] não me bate Não mas de resto [   ] ah, fazendo cena
Ciuminho [   ] como cê ficou sabendo, Jana? [   ]
qual His---ia? [   ] ...

Pense rápido: His Jana, o Ciuminho de quem Não
Aguenta e vai na Loja o Saco Largar.

Valério precisou desviar dos volumosos metros cúbicos
de mulher a sua frente, inquilina larga da calçada estreita,
finta pra direita, joga pra esquerda, ela deslocando mais ar,
chicote de banhas do braço nas banhas do peito nas banhas da
axila, até lá, sim, até lá!, fala mais do que anda, celular, braço,
palavra, mão, berro. Hora de o passo apertar, o tempo abreviar,
o trem pegar, para o trabalho voltar, de a licença médica
terminar, a demissão evitar, atraso nem pensar. Quem sabe
o demônio lá não está? De outro foram os dentes se ocupar.

Béééééééééééééé, Valééério,
    culpanenhuma qu'esse semáforo corre assim,
    desregulou, pedestre nenhum consegue queria ver se
    bééé-béé-bé,
    buzinou por quê?
"Ninguém tem mais paciência, meu filho!", bé,
    a voz tem mais idade que o cheiro, a velocidade então...
Uma corridinha, minha senhora, pessoal anda com pressa,
sim, até aqui! Até aqui? Até aqui!

Valério do lado de lá

a rua

Valério agora.

Dr. Ruffato acha que eu deveria ser menos místico, espiritualidade é **bom, bom, ajuda, mas religião é sua ou da sua mãe, herdada, em que você acredita, Valério?**

.*

Pai
Em nome do

Santo   Espírito

Filho

amém Valério não resiste, a mão tem vida própria quando passa na frente de igreja, qualquer igreja, católica desde que tenha cruz no telhado desde que Dona Regina pôs no mundo a mão com vida própria e mais um católico sem vida, pede proteção, agradece, suplica, tudo junto, o terço não usa mais, por opção rebeldia filiação: **é o gozo não a posse que nos torna felizes,**

tiiiitiiiiFffruuuuuuuuuuum cidade cada dia mais vruom arulhenta, desde que os caminhões começaram a passar por aq tichec essa valeta nunca vão consertar? **Vai, sim! Ah vai** os ec-tinhec sacramentos todos: Batismo > Catequese > Crisma > **Valério, só não me fale que você é gay, filho viado eu não aguento, nessa idade sua eu já tinha vocês quatro, não é possível que não tenha uma moça que >** a Extrema Unção já não é **comigo, Valério, faltava só eu ter de ficar aqui para garantir**

Só faltava, só. tichec Dona Regina established 1955

será que a vó e o vô já tinham no papai e mamãe -> () —>
( ) ——> ( ) ———> ( ) ¬ DDDD**DDDDD** um dois três
enjoo quatro cinco seis indiozinhos sete oito nove \|/ /¨\
feito minha mãe /˙↓ ¨\ nasceu, parabéns

O PONTO DE ÔNIBUS MAIS ANTIGO DA CIDADE
DESDE 1954

O pai já tava feito a essa altura, bi-bi-biiii, agora sim o
trânsito anda, batizado e tudo, o pai é de 51, seu pai é de 51,
eu me lembro, 51, mas nunca foi de cachaça, muito joia seu pai.
fom fom contramão fomfomfomfomfooooooooom
filha da puta Nem ouviu, o outro esganiça, dentro do carro a
macheza do aço Ué! Tudo sinalizado! ← tá tudo certinho, será
que o sujeito não sabe que aqui não é mais mão dupla? a rua.
Escorregadio, desce Valério, não cai Valério, cuidado
Valério o sapato é 299,00 em até 6x de **76,00** bonito, mas a sola
só presta para macio atrás e machuca na ponta pisar em
carpete. Burro, que burro usar estes, justos estes ainda mais em

paralelepípedo paralelepípedo paralelepípedo paralelepípedo paralelepípedo
paralelepípedo   paralelepípedo paralelepípedo paralelepípedo
paralelepípedo   paralelepípedo paralelepípedo
paralelepípedo paralelepípedo paralelepípedo   paralelepípedo
paralelepípedo paralelepípedo paralelepípedo
paralelepípedo paralelepípedo paralelepípedo paralelepípedo paralelepípedo
paralelepípedo   paralelepípedo paralelepípedo paralelepípedo
          paralelepípedo paralelepípedo paralelepípedo paralelepípedo
paralelepípedo paralelepípedo   paralelepípedo paralelepípedo
paralelepípedo   paralelepípedo   paralelepípedo
          paralelepípedo paralelepípedo   paralelepípedo
paralelepípedo paralelepípedo paralelepípedo paralelepípedo

pa alel pí edo, esb racado buraco daqueles que parecem ter nascido junto com o ponto de ônibus mais antigo da cidade, aguarde mais um momento a Prefeitura agradece sua, 87 vezes mas não é assim que se conta a espera no telefone: uma hora e meia ou 1h½, exagero típico dos cinco minutos que viram trinta, até sessenta quando a história de que ligou para a Prefeitura pedindo para consertar os buracos se repete tanto a ponto de virar fato em vez de mito Os dedos mais o dedão têm de ajudar a ajeitar nos pés esses sapatos bonitos parcela 2/6 ainda, cartão sem limite mas sem anuidade, que facilidade!, contrai os dedos Valério, contrai senão cai. Nesse limo deste paralelepípedo daquela chuva.

Valério do lado de lá

Valério agora.
Loja de máquinas e ferramentas: fechada. Lotérica: bem-te-vi: fechada. Quitanda: aberta

TEMOS
PÃO DA
MARISTELA

afinal, pão é para ser o Marketing da rua, do jeitinho, o brasileiro deveria ser estudado pela

Depósito de material de construção: fechado. Chegando na quitanda que vende pão da Maristela, nunca entendi, a Maristela não fica longe, Maristela foi quem? a filha, mãe, mulher, amante do padeiro? será que esse Marketing atrai alguém? Só se tiver quem não consegue andar até bem-te-VI Sapato VI-VI-VI começando a machucar. Tá precisada muito crossfit aí meu bem te vi uma só aluna a essa hora Academia de crossfit: aberta. Luciana não mora mais aqui, se fo fo fo, ah'Luciana Casa da avó da Luciana: fechada. Casa amarela: fechada. Fechado: condomínio das geminadinhas casas vinte onde caberiam, geminadas, três. Loja de artigos de enfermagem, tinha de ter outro nome, tipo padaria em vez de loja de produtos com muito glúten e mais açúcar, ou Maristela, igual ao depósito de material de construção lá da frente, tipo farmácia em vez de loja de antídotos para produtos com muito glúten e mais açúcar: fechada.

> Valério dentro de sete segundos
>> esquerdo direito esquerdo direito esquerdo
>>> Valério aqui.

Hospital e maternidade, ha! só rindo, zero+três+oito+sete = dezoito, placa GZY-0387, múltiplo de nove, aprovado na escala de sucesso lúdico-numerológico com base acientífica sistematizada pelo TOC de Valério, novedezoitovinteesetetrintaeseis, carrão grande e duas mulheres tão pequenas, ala de síndromes gripais, é gripe benegrip, é covid benevides, o luxo de uma infâmia, a primeira do dia, para pausar os tremores, não, não tem psiquiatra aqui nesse Hospital, não, vai ter que passar pelo clínico, mas só conhecia Valéria mulher, sabia que tinha homem Valério não, que curioso, nome bonito, Valério, senhor Val[x?x??] é isso mesmo?, senha 8714, guichê número três, 68 senhas no futuro, mas não é assim que conta, não, Valério, olhe o fato — o fato — não o mito.

Hospital de merda, serve só pra virose de

Ladeira, subir isso na puiu-bem-piu-te-pruuuwuá-
-vi volta é que é o osso subir essa ladeira, puuuíí sapato
querendo empedrar os dois dedões, os dois. Dr. Ruffato
já tinha dito: o que é sucesso para você? Mercado Barral,
esse tá sobrevivendo nessa esquina desde que se conhece
por comércio. Bem-te-vi-bem-te-vi-bem-te-vi, é ninho,
pruuuíí, ninho no ipê, atrasado para florescer este ano,
amarelo é agosto, rosa é outubro, branco é anacrônico, ou
qualquer coisa assim, vi-vi-vi, pu-u-uiu, o Barral ainda
vive, abre todo dia, aberto hoje, aberto sempre, único dono,

ESTACIONAMENTO

APENAS PARA

CLIENTES

DURANTE AS COMPRAS

NÃO INSISTA!

ou é muito velho ou começou muito, a casona do
lado é que não, já foi academia, loja de vender água, até
água, não tem nome próprio o estabelecimento que vende/
vendia água, academia de natação, lugar amaldiçoado,
vraaaauuuuum, enterrem meu coração na curva do rio, na
esquina do ribeirão, aqui é 'y de tupi, BURRO, já aprendeu
isso, burro, 'y, Desrespeito, porra! Burrice do caralho, não
sabe o que é índio! já foi cemitério indígena já foi?

Valério
alguma coisa [objeto, animal, planta, gás na tabela periódica]
                    alguma coisa cujo nome é Valério

— Vai com Deus, pra Dona Regina mm beijo, que
homem hein, é de 51, eu me lembro, 51, mas nunca foi
de cachaça, muito joia seu pai, e teu pai?, ô, Valério, ô, é
você?, rapaz, Valério, bom dia!

Nunca sabe o(s) nome(s), Zorba O Grego não deve ser, se bem que parece, a boca de Hipertensão os olhos de Hora Extra os cabelos de Kilimanjaro o nariz de, já foi lá em casa quando éramos quatro não seis ainda, vendedor de pirâmide talvez?, amigo do pai!, amigo da mãe? amigo do pai?, conhece de algum lugar conhece aquela cara, ih vai, vai falar com Valério, ah, vai, será que vai?, reconheceu, ih reconheceu, será que reconheceu?, bem olhando te para vi Valério, só não sei quem é, já vi, vi vi vi, sabe que já viu em, do outro lado da rua na calçada, uma cara conhecida, um andar desconhecido, já viveu uma, três, talvez até quatro vezes a vida de um Valério, mais velho que um Gandalf, aquela centelha acesa por rosto que se vê e não se vê, um homem, cabelos muitos e brancos, roupa de agasalho, pança de poltrona, um vulto, uma mancha. Bem me viu.

Deve ser da época que mulher não tomava iniciativa, hoje ela não está, casa da velha que sempre dá os bons dias da varanda desde que seja cumprimentada antes, purrrupuí, a esquina dos bambuzais, já viu rato passear por lá, se fosse na China seria panda?, flech felch flche. Assusta com o latido, mesmo antevendo o UOUOUOUouuou-uou, o Fila Brasileiro da casa de muro alto, o Pavarotti dos cachorros de tão tenor que late, pra cá não pula, não com esse murão, Valério pelo menos acha que não.

Tudo conforme os conformes do roteiro até aqui:

- paralelepípedos
- antes de atravessar, atravessa, dois lados carro mata, obrigado Dona Regina!
  au uar *bow* rrrrruaUaU raurraurraurraurruouau
- a casa dos quatro cachorros que colam no portão feito trepadeira, mais ruidosos que fã de Beatles (beagle não tem, só mestiço) quando ouve de Yoko o nome
- casa 4

- casa 3
- casa 2
- casa 1, nenhuma das próximas 1-2-3-4 dá dez, não nove, eu sei de quem é, quem são
- casa do Bob Esponja, não porque seja amarelo, mas porque é mais perna que tronco, o cinto no pescoço, fecha a gravata com fivela, e porque é bobo, cinquentão bobo, comprou uma Harley, a besta
- casa dela, a W, uma doida do bem, louca já não é mais correto politicamente
- já rezou? Reze mais
- cachorro caramelo malhado demônio disfarçado o cão sempre de prontidão na estação
- Reze
- Trancou? Tranque Tranque Tranque o portão não esquece
- Reze
- Valério, diante do portão de casa, lembra do Dr. Ruffato, o primeiro psico do lado de lá com quem resolveu se tratar.[1]

---

[1] *Não foi bem assim. Tentei o Doutor Guimarães, mas aquilo era bruxo, xamã, pajé, sei lá. O Dr. Ramos era seco, direto demais, não era pra mim; e fedia a cigarro. E teve o Doutor Machado, mas o valor que cobrava... Só se eu nascesse de novo. (Nota do Personagem)*

Disse-lhe, o bom psicólogo, o bom doutor, desde o começo, que o problema não era cinofobia.[2] Que poderia ser uma espécie de agorafobia, mas ainda a investigar, cedo para diagnosticar sempre será. Valério, pre-ten-si-o-so, ignorou o diagnóstico e se agarrou no que o Dr. Ruffato nunca disse: "Vai assim mesmo." Dr. Ruffato, eu não consigo. "Vai." Mas. "Fobia não é a coisa. Fobia é você." Porra, caralho, Dr. Ruffato, é fo** a fo***!

"Watch the language, <u>KID</u>!"

---

[2] *Duvido! (N. do P.)*

CARA LEITORA, CARO LEITOR

A **Cachalote** é o selo de literatura brasileira do grupo **Aboio**.

Lemos, selecionamos e editamos com muito cuidado e carinho cada um dos livros do nosso catálogo, buscando respeitar e favorecer o trabalho dos autores, de um lado, e entregar a vocês, leitores, uma experiência literária instigante.

Nada disso, portanto, faria sentido sem a confiança que os leitores depositam no nosso trabalho. E é por isso que convidamos vocês a fazerem cada vez mais parte do nosso oceano!

Todas as apoiadoras e apoiadores das pré-vendas da **Cachalote:**

> — **têm o nome impresso nos agradecimentos dos livros;**
> — **recebem 10% de desconto para a próxima compra de qualquer título do grupo Aboio.**

Conheçam nossos livros pelo site **aboio.com.br** e siga nossos perfis nas redes sociais. Teremos prazer em dividir com vocês todos nossos projetos e novidades e, é claro, ouvir suas impressões para sempre aprendermos como melhorar!

Embarque e nade com a gente.

Cada livro é um mergulho que precisa emergir.

APOIADORAS E APOIADORES

Agradecemos às **240** pessoas que confiaram e confiam no trabalho feito pela equipe da **Cachalote**.

Sem vocês, este livro não seria o mesmo.

A todos os que escolheram mergulhar com a gente em busca de vozes diversas da literatura brasileira contemporânea, nosso abraço. E um convite: continuem acompanhando a **Cachalote** e conheçam nosso catálogo!

Adriana Matos Neves
Adriana Maximiliano
Adriana Santana de Souza
Oliveira Matos
Adriane Figueira Batista
Adriano Plesskott Tavares
Alexander Hochiminh
Alexandre Bonifácio da Silva
Alexandre Lima
Allan Gomes de Lorena
Ana Carolina Cravo Roxo
Ana Clara Neves Malerba
Ana Cristina Passarella Brêtas
Ana Maiolini
Ana Paula Pacheco
André Balbo
André Pimenta Mota
Andreas Chamorro
Angela Gomes Corrêa

Angelo Renato Tiberio
Anna Martino
Anthony Almeida
Antônia Matos Neves
Antonio Luiz
      de Arruda Junior
Antonio Pokrywiecki
Ariel Pires de Almeida
Arthur Lungov
Beatriz Neves Malerba
Beatriz Torroglosa Tiberio
Bianca Monteiro Garcia
Bruno Coelho
Bruno Minervino
      Serra Gaspari
Caco Ishak
Caetano Ogassawara Neves
Caio Balaio
Caio Girão

Calebe Guerra
Camila Gomes
    das Neves Malerba
Camilo Gomide
Carla Bessa
Carla Guerson
Carlos Eduardo
    de Lima Gadelha
Cássio Goné
Cecília Garcia
Cecilia Tornaghi
Celso Costa
Cintia Balsinelli
Cintia Brasileiro
Cinzia Amaral
Claudine Delgado
Cleber da Silva Luz
Cleber Magno da Silva Junior
Crisley da Silva Guenin
Cristal Santanna
Cristina Machado
Cynthia Dorneles
Daiana Mesquita
Daniel A. Dourado
Daniel Dago
Daniel Dourado
Daniel Giotti
Daniel Guinezi
Daniel Leite
Daniel Longhi
Daniela Midori Fukumori
Daniela Rosolen

Daniella Grinbergas
    Grohmann
Danilo Brandao
Denise Angela Barros Morais
Denise Lucena Cavalcante
Dheyne de Souza
Diana de Hollanda Cavalcanti
Diego Veras da Cunha
Diogo Mizael
Dora Lutz
Douglas Barros Meira
Eduardo Rosal
Eduardo Valmobida
Eliana Rodrigues
Eliane Chaves França
Elton Fernandes
Enzo Vignone
Everaldo Fioravante
Fabiana Tamarozzi
Fábio Franco
Febraro de Oliveira
Felipe Beirigo
Fernando César Rivadávia
Fernando Farias
Flávia Braz
Flavio Cafiero
Flávio Ilha
Flaya Pelinson
Francesca Cricelli
Francielle Pianta
Frederico da C. V. de Souza
Gabo dos livros

Gabriel Cruz Lima
Gabriel Stroka Ceballos
Gabriela Gomes das Neves
Gabriela Machado Scafuri
Gael Rodrigues
Giselle Bohn
Gislaine Thereza
       Campos Gutierre
Guilherme Belopede
Guilherme Boldrin
Guilherme da Silva Braga
Gustavo Bechtold
Gustavo José Viana de Moura
Gustavo Pires dos Santos
Henrique Emanuel
Henrique Lederman Barreto
Henrique Vieira Bulio
Igor Correa
Illenia Peixoto Negrin
Ivana Fontes
Izabella C. C. Cunha
Jadson Rocha
Jailton Moreira
Jefferson Dias
Jessica Ziegler de Andrade
Jheferson Neves
João Luís Nogueira
Joca Reiners Terron
José Carlos Gomes
Júlia Carrilho Sardenberg
Júlia Gamarano
Júlia Vita

Juliana Costa Cunha
Juliana Slatiner
Júlio César Bernardes Santos
Juvencio Braga de Lima
Katia Malta
Kei Nakamura Eguti
Laís Araruna de Aquino
Lara Haje
Laura Redfern Navarro
Leitor Albino
Leonardo Dias Gomes
Leonardo Pinto Silva
Leonardo Zeine
Leopoldo Cavalcante
Lidia Izecson
Ligia Sandra Alves De Araújo
Lili Buarque
Lilian Manha Materaggia
Lívia de Carvalho Furtado
Lolita Beretta
Lorenzo Cavalcante
Luana Gonçalves
Lucas Ferreira
Lucas Lazzaretti
Lucas Verzola
Luciano Cavalcante Filho
Luciano Dutra
Luis Felipe Abreu
Luísa Machado
Luiza Leite Ferreira
Maíra Thomé Marques
Manoela Machado Scafuri

Marcela Araujo da Silva
Marcela Eyer Mesquita
de Barros
Marcela Roldão
Marcelino Freire
Marcelo Conde
Marcelo Coppola
Marco Bardelli
Marcos Vinícius Almeida
Marcos Vitor Prado de Góes
Marcus Aurelius Pimenta
Maria de Lourdes
Maria Ester Moreira
Maria Fernanda Vasconcelos
de Almeida
Maria Inez Porto Queiroz
Maria Luíza Chacon
Mariana Donner
Mariana Figueiredo Pereira
Mariane Claudia Della Negra
Marília de Almeida P. Kirjner
Marina Brito
Marina Lourenço
Marina Vergueiro Leme
Mario Antonio Malerba
Mateus Magalhães
Mateus Marques
Mateus Torres Penedo Naves
Matheus Picanço Nunes
Maurício de Lima
Mauro Fernando de Mello
Mauro Paz

Mayra Lopes
Michelle Ferreira Nucci
Mikael Rizzon
Milena Martins Moura
Najin Marcelino Lima
Natalia Timerman
Natália Zuccala
Natan Schäfer
Natasha Oliveira Mota
Nelson Albuquerque Jr.
Odylia Almacave
Otto Leopoldo Winck
Patrícia Cukier
Patricia de Oliveira Duarte
Suarez Barbosa
Paula Cristina Luersen
Paula Luersen
Paula Maria
Paulo Eduardo Righi
Paulo Scott
Pedro Torreão
Pietro A. G. Portugal
Rafael Mussolini Silvestre
Rafaela Arnoldi
Rebeca Lacava
Regina Célia Gomes Neves
Renan Marques Regadas
Renan Momesso Albertini
Renata Nedzvega Guimaraes
Ricardo Cavalcante
Ricardo Kaate Lima
Rodrigo Augusto Pacheco

Rodrigo Barreto de Menezes
Roger Willian Lima Campos
Samara Belchior da Silva
Samara Luciana
        Sant'Ana Gomes
Samra Fonseca Fontoura
Sebastião Apparecido
        Lopes das Neves
Sergio Mello
Sérgio Porto
Shirley Lima de Souza Araújo
Silvana Diniz de Andrade
Taluana Lopes Ayres Borba
Tania Scaglioni
Thais Fernanda de Lorena
Thassio Gonçalves Ferreira
Thayná Facó
Tiago Moralles
Valdir Marte
Weslley Silva Ferreira
Wibsson Ribeiro
Yvonne Miller

PUBLISHER Leopoldo Cavalcante
EDITOR-CHEFE André Balbo
REVISÃO Marcela Roldão
DIREÇÃO DE ARTE E CAPA Luísa Machado
COMUNICAÇÃO Thayná Facó
PROJETO GRÁFICO Leopoldo Cavalcante
ASSISTÊNCIA EDITORIAL Nelson Nepomuceno

© da edição Cachalote, 2024
© do texto Cássio Goné, 2024

Todos os direitos reservados. Nenhuma parte desta obra pode ser reproduzida, arquivada ou transmitida de nenhuma forma ou por nenhum meio sem a permissão expressa e por escrito da Aboio.

Grafia atualizada segundo o Acordo Ortográfico da Língua Portuguesa de 1990, que entrou em vigor no Brasil em 2009.

Dados Internacionais de Catalogação na Publicação (CIP)
Aline Graziele Benitez — Bibliotecária — CRB-1/3129

Goné, Cássio
    Carne Marcada / Cássio Goné. -- 1. ed. -- São Paulo : Cachalote, 2024.

    ISBN 978-65-83003-20-1

    1. Contos brasileiros I. Título.

24-239941   CDD-B869.3

Índices para catálogo sistemático:
1. Contos : Literatura brasileira

[2024]

Todos os direitos desta edição reservados à:
ABOIO EDITORA LTDA
São Paulo — SP
(11) 91580-3133
www.aboio.com.br
instagram.com/aboioeditora/
facebook.com/aboioeditora/

[Primeira edição, dezembro de 2024]

Esta obra foi composta em Adobe Caslon Pro.
O miolo está no papel Pólen® Bold 70g/m².
A tiragem desta edição foi de 300 exemplares.
Impressão pelas Gráficas Loyola (SP/SP).

A marca FSC® é a garantia de que a madeira utilizada na fabricação do papel deste livro provém de florestas que foram gerenciadas de maneira ambientalmente correta, socialmente justa e economicamente viável, além de outras fontes de origem controlada.